Bianca

Inocencia salvaje
Sara Craven

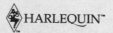
HARLEQUIN

Capítulo 1

MARIN Wade alzó la esponja, la apretó y dejó que el agua maravillosamente fragante cayera sobre sus hombros y sobre sus pechos.

Según decían, la muerte y los impuestos eran las dos únicas cosas seguras de la vida; pero Marin pensó que había una más, algo que tampoco fallaba nunca: el teléfono sonaba en cuanto alguien se metía en un baño caliente. Como estaba sonando en ese momento.

Pero afortunadamente, esta vez no tendría que salir del agua a toda prisa y alcanzar una toalla, porque no era su teléfono.

Cabía la posibilidad de que fuera Lynne y quisiera saber si todo iba bien; pero de ser así, dejaría un mensaje en el contestador. Y más tarde, cuando Marin se hubiera bañado y hubiera comido, le devolvería la llamada y volvería a darle las gracias a su hermanastra por haberle dado asilo temporal en su casa sin hacer demasiadas preguntas.

Sin embargo, Marin estaba absolutamente segura de que, cuando Lynne regresara el domingo por la noche, querría saber por qué había perdido el trabajo de sus sueños. Su hermanastra le sacaba tres años, y como sus padres se habían jubilado y ahora vivían en un chalet de Portugal, se había tomado muy en serio su papel de hermana mayor. Pero no le preocupaba la perspectiva de tener que darle explicaciones.

En cuanto se librara del cansancio y del caos de las últimas veinticuatro horas, podría pensar con claridad y afrontar el fin de semana como una oportunidad excelente para empezar a hacer planes y ser positiva.

Por supuesto, tendría que esperar hasta el lunes para averiguar si todavía tenía un empleo en la agencia o si la amenaza de su ya ex jefa había dado sus frutos; pero en cualquiera de los dos casos, podría empezar a buscar un sitio para vivir. Aunque se sentía muy cómoda en la casa de su hermanastra, necesitaba retomar su camino y recuperar su independencia tan pronto como fuera posible.

Miró a su alrededor y se volvió a quedar extasiada con la belleza del lugar. El cuarto de baño, cuyas paredes de azulejo azul la hacían sentir como si estuviera en un mar cálido y lejano, era tan elegante como el salón, el comedor, la cocina con los aparatos más modernos del mercado y los dos dormitorios, decorados con muy buen gusto.

Una vez más, se preguntó cómo era posible que Lynne se pudiera permitir tanto lujo.

Su hermanastra era la secretaria personal de Jake Radley-Smith, el director de una de las empresas financieras con más éxito de Gran Bretaña. Marin sabía que ganaba un buen sueldo, pero también sabía que no era tan elevado como para poder alquilar una casa como aquélla en un barrio tan exclusivo.

Si no hubiera tenido la seguridad de que Lynne estaba profundamente enamorada de Mike, con quien había viajado a Kent para presentarle a sus padres, Marin habría sospechado que su trabajo incluía labores mucho más personales que las normales en una secretaria y que aquel piso era una especie de recompensa por los servicios prestados.

Cerró los ojos, apoyó la cabeza en el borde de la bañera y dejó de pensar en Lynne para pasar a su propia y desastrosa vida.

Había cometido un error tremendo al alquilar el piso que tenía en propiedad, porque ahora no podía romper el contrato y se había quedado temporalmente en la calle. Pero en su momento, cuando le ofrecieron la posibilidad de marcharse a trabajar seis meses con Adela Mason, la famosa escritora de novelas románticas, le pareció la mejor de las soluciones.

Aún recordaba la conversación que había mantenido con Wendy Ingram, su jefa.

—Su secretaria se ha marchado porque van a operar a su madre, que está muy enferma, y tendrá que cuidarla después —le dijo Wendy—. La señora Mason hace el trabajo de investigación en Londres y luego escribe las novelas en su casa del sudoeste de Francia... Necesita a alguien que sustituya a su secretaria y le han recomendado nuestra empresa. Pero según parece, es muy exigente.

—Adela Mason —repitió Marin, con ojos brillantes—. No me lo puedo creer. Es una escritora magnífica... he leído todas sus novelas.

—Por eso le he sugerido tu nombre. Me pareces demasiado joven para ese puesto, pero le ofrecí a Naomi y a Lorna y las ha rechazado a las dos porque dice que quiere a una chica simpática —le explicó Wendy con ironía—. De todas formas, no te entusiasmes demasiado.

Seguro que te hartarás de su novela mucho antes de que la termine... Adela Mason escribe a mano, en un papel especial y con un tipo exclusivo de bolígrafo.

Wendy la miró y añadió:

—Me temo que tendrás que pasar los borradores al ordenador; y digo los borradores, en plural, porque no me extrañaría que termine con diez versiones distintas. Además, también tendrás que hacer de cocinera y hasta de chófer. Quiere una chica para todo, pero se ha vuelto a casar hace poco tiempo y supongo que te librarás de llevarle a la cama el chocolate caliente que siempre se toma antes de dormir.

—Con tal de trabajar con Adela Mason, sería capaz de recoger yo misma los granos de cacao —aseguró Marin, alborozada—. Eso no es un problema.

—Pero pasar la entrevista podría serlo... —le advirtió.

Aquella misma noche, Adela Mason apareció en un programa de televisión con su cabello negro recogido en una coleta sobria y un vestido rojo que potenciaba todos los encantos de su envidiable figura. Como siempre, se mostró encantadora y tan brillante como modesta; pero en su sonrisa y en su forma de moverse, se notaba que en el fondo era muy arrogante y que se creía mejor que los demás.

Marin se preocupó inmediatamente, aunque no le dio importancia. A fin de cuentas, sólo iba a ser su secretaria. Si pasaba la prueba de la entrevista.

Y para su sorpresa, la pasó.

—Pareces más inteligente y tienes más carácter que las otras candidatas —declaró Mason mientras jugueteaba con su anillo de diamantes—. Con la primera, tuve la impresión de que no había leído un libro en toda su vida; y con la segunda... bueno, digamos que era poco idónea.

La escritora miró a Marin y contempló su figura esbelta, su cabello de color castaño claro, su piel pálida y su expresión tranquila.

Después, asintió y dijo:

—Si tus habilidades están a la altura, creo que lo harás muy bien.

Marin no tuvo ocasión de contestar, porque Adela Mason siguió hablando.

—La semana que viene tengo intención de marcharme a Evrier sur Tarn. Espero que estés disponible para viajar conmigo. Betsy se encargó de organizarlo todo antes de marcharse a hacer de Florence Nightingale; pero si surge algún problema, tendrás que afrontarlo y solucionarlo tú.

Marin no hizo caso del comentario sarcástico sobre su predecesora; se limitó a asentir y a comentar que era perfectamente capaz de solucionar cualquier problema que se presentara. Jamás habría imaginado que, menos de un mes después, sería su futuro el que estuviera en entredicho.

Todavía estaba pensando en ello cuando el teléfono volvió a sonar.

Antes de marcharse, Lynne le había asegurado que sus amigos y conocidos estaban avisados y que no la molestarían con llamadas telefónicas, pero era evidente que su hermanastra se había olvidado de avisar a alguien.

—Por favor, deje su mensaje después de la señal —sonó la voz del contestador.

Marin echó más agua caliente y más sales en la bañera. A continuación, se hundió hasta el cuello y pensó que Lynne llevaba una vida social muy activa. Ella habría dado cualquier cosa por tener amigos que la invitaran constantemente a ir al cine, a salir a cenar o a tomar una copa en algún club.

Y habría dado cualquier cosa por tener a alguien como Mike.

Sobre todo, por tener a alguien como Mike. Porque a sus veinte años de edad, Marin aún no había mantenido una relación más o menos seria.

Sin embargo, eso no significaba que su vida amorosa fuera aburrida. Desde que estaba en Londres, había salido con varios hombres; generalmente, en citas dobles con amigas del trabajo y sus parejas. De vez en cuando, alguno le pedía que se volvieran a ver; pero ninguno le había interesado lo suficiente.

Además, Marin era tímida y reconocía sus limitaciones a la hora de coquetear y resultar interesante en una conversación. Se sentía incómoda en las situaciones íntimas y nunca llegaba demasiado lejos; no tenía nada en contra de las relaciones sexuales informales, pero sus miedos se interponían en el camino y los hombres se daban cuenta al final y se marchaban con otras chicas.

—¿Crees que soy un bicho raro? —le preguntó en cierta ocasión a Lynne.

Su hermanastra se echó a reír.

—No, por supuesto que no. Cada uno es como es, cariño; uno de estos días te enamorarás locamente de alguien y te dejarás llevar... Deja de castigarte a ti misma por eso.

Al recordar su consejo, sonrió. Lynne siempre la trataba bien; era agradable y extrovertida como su padre, Derek Fanshawe, quien seis años antes había conocido a Barbara, la madre de Marin, y se había enamorado de ella.

Barbara se había quedado viuda cuando su marido, Clive Wade, falleció de un infarto. Clive había sido un hombre cariñoso y tranquilo, un abogado especializado en divorcios cuya muerte dejó devastada a su esposa y, naturalmente, también a Marin.

Mientras pensaba en su padre, se dijo que al menos las había dejado en una buena situación económica. Clive Wade había sido un gran profesional y un inversor muy inteligente.

Tres años después de su fallecimiento, una amiga de Barbara la convenció para que la acompañara a un crucero de lujo por los fiordos noruegos. La casualidad quiso que Derek Fanshawe compartiera mesa con ellas en el comedor; y cuando el crucero terminó, Barbara se dio cuenta de que le iba a extrañar mucho más de lo que había imaginado.

Al principio, Marin rechazó la relación amorosa de Barbara porque le parecía una especie de traición a la memoria de su padre. Sin embargo, Derek se mostró tan comprensivo con ella que terminó por ganarse su afecto y su respeto.

En cuanto a Lynne, Marin se sentía muy afortunada porque había ganado una hermanastra y una amiga.

Justo entonces, el teléfono volvió a sonar.

Marin gimió, se puso en pie, alcanzó una toalla y se la enrolló alrededor del cuerpo. A continuación, se sacudió el cabello, se lo peinó un poco con los dedos y salió del cuarto de baño, descalza, en dirección al salón.

Cuando llegó a la mesita del teléfono, pulsó la tecla del contestador. Era la voz de un desconocido.

–Lynne, llámame. Es urgente.

Había un segundo y un tercer mensaje, obviamente de la misma persona, pero sólo había dejado un suspiro de exasperación.

Marin pensó que no volvería a llamar y se dio la vuelta con intención de volver a la bañera, pero se quedó en el sitio. En ese mismo momento, la puerta de la casa se abrió y oyó pasos de hombre en el pasillo.

Asustada, miró a su alrededor en busca de algún objeto con el que defenderse.

–Por Dios, Lynne... ¿es que estás sorda?

El hombre que apareció en la entrada del salón se quedó tan atónito como Marin. La miró con sus ojos azules, tan fríos como los de un oso polar, y declaró:

–¿Quién diablos eres tú? ¿Qué estás haciendo aquí?

–Yo podría preguntarte lo mismo –respondió ella.

La voz de Marin sonó ligeramente temblorosa porque ya había adivinado la identidad del desconocido. No podía ser otro que el jefe de Lynne, Jake Radley-Smith.

–No juegues conmigo, cariño –le aconsejó él, estudiándola con detenimiento–. Limítate a responder a mis preguntas o no tendré más remedio que llamar a la policía. ¿Cómo has entrado en la casa?

–Con la llave. Ésta es la casa de mi hermana.

–¿De tu hermana? –repitió él, sorprendido–. Lynne no tiene hermana. Es hija única.

–Bueno, en realidad no es mi hermana, sino mi hermanastra –se explicó–. Su padre se casó con mi madre hace unos años.

–Ah, sí, lo había olvidado –dijo lentamente–. Pero eso no explica que Lynne te haya dejado sola en su casa... aunque podemos dejar ese asunto para después. ¿Dónde se ha metido? Necesito hablar con ella.

–No está aquí; se ha marchado a Kent a pasar el fin de semana. Me comentó que te lo había dicho...

Jake miró a su alrededor con fastidio.

–Oh, maldita sea. Quería verla antes de que se marchara.

A Marin no le sorprendió. De hecho, Lynne le había confesado que se marchaba tan deprisa para evitar que su jefe apareciera con algún asunto supuestamente urgente y le estropeara el fin de semana. Por lo visto, Jake Radley era un obseso del trabajo y esperaba que todo el mundo estuviera a su disposición las veinticuatro horas del día.

–Me temo que no va a ser posible –dijo Marin–. Pero volverá el lunes.

–Eso no me sirve de nada. No resuelve el problema que tengo esta noche –declaró él, de mala manera.

–Supongo que mi hermanastra debería haberse quedado aquí por si la necesitabas –contraatacó ella, con tono igualmente desabrido–. Pero resulta que Lynne tiene su propia vida... y desde mi punto de vista, ir a Kent para conocer a los padres del hombre con quien se va a casar es mucho más importante que quedarse en casa ante la remota posibilidad de que requieras de sus servicios.

Jake Radley tardó unos segundos en reaccionar.

–Buen discurso... –dijo al fin–. Por cierto, ¿con quién tengo el gusto de hablar?

–Con Marin Wade. Y dado que Lynne no se encuentra en casa, te agradecería que te marcharas y me dejaras en paz.

–Estoy seguro de que me lo agradecerías –ironizó él–, pero yo no acepto órdenes de nadie.

Él la miró con intensidad y ella sintió un nudo en la garganta. Era la primera vez que Marin lo veía en persona; hasta entonces sólo lo había visto en las fotografías de los periódicos, que no le hacían justicia.

Sin ser guapo en un sentido clásico del término, Jake Radley-Smith era un hombre extraordinariamente atractivo. Tenía una mirada penetrante, que parecía adivinar los pensamientos de la otra persona, y una boca tan sensual que Marin decidió dejar de mirarla al instante.

–No estás en posición de echarme de esta casa –continuó él–. Además, por si no lo recuerdas, sólo llevas una toalla de baño... y se caería al suelo si empezáramos a forcejear.

Marin pensó que tenía razón. Se encontraba en clara desventaja. Ella estaba prácticamente desnuda y él iba vestido de los pies a la cabeza; llevaba un traje gris, muy formal, con una camisa blanca y una corbata de color rojo.

–¿Qué has querido decir con eso de que no estoy en posición de echarte? –preguntó Marin, nerviosa.

–Que el piso de Lynne es de mi empresa. Concretamente, mío –respondió–. Lo usamos para los clientes extranjeros que prefieren no alojarse en hoteles... Lynne está aquí de prestado. ¿Es que no te lo ha dicho?

Marin sacudió la cabeza.

–No hubo mucho tiempo para explicaciones. Mi hermanastra no supo que tenía intención de visitarla hasta que la llamé desde el aeropuerto y le dije que no tenía donde quedarme.

Él frunció el ceño.

–¿Por qué? –preguntó–. ¿Estás de vacaciones y te han robado el dinero? ¿Es eso?

–No, en absoluto. Yo estaba trabajando en Francia, pero las cosas se complicaron de repente. Y no puedo ir a mi piso porque lo alquilé y no estará libre hasta dentro de unos meses.

–Comprendo... así que te has quedado sin trabajo, sin casa y sin dinero.

Marin le lanzó una mirada llena de orgullo y dijo, con sarcasmo:

–Gracias por recordármelo.

–Se me ocurre que podríamos llegar a un acuerdo. ¿Cuánto me cobrarías por pasar esta noche conmigo?

Marin malinterpretó la pregunta y se sintió ofendida.

–¿Qué significa eso de pasar la noche contigo?

–Obviamente, no se trata de lo que has pensado –respondió él, conteniendo la risa con dificultad–. Aunque debo admitir que estás francamente interesante con esa toallita... que, por cierto, se ha bajado un poco.

Marin se ruborizó y se subió la toalla a toda prisa.

–Te voy a hacer una oferta que te puede interesar, Marin –continuó–. Esta noche tengo que ir una fiesta, pero la chica que me iba a acompañar se ha acatarrado y no puede ir. Quería hablar con tu hermanastra para que viniera conmigo... Lynne me debe muchos favores y no quiero presentarme solo. ¿Estarías dispuesta a sustituirla?

–¿Me estás tomando el pelo? –preguntó, atónita.

–¿Ésa es tu respuesta? –dijo él, con ironía–. Veo que tu elocuencia de antes ha desaparecido...

–Pero mi sentido del humor sigue estando donde estaba –se defendió–. No, no iría contigo a esa fiesta ni aunque mi vida dependiera de ello.

–Puede que tu vida no dependa de ello, pero piensa en tu situación económica. Sólo tendrías que estar un par de horas conmigo... y te llevarías varios cientos de libras esterlinas.

Marin pensó que el dinero le vendría muy bien, pero dudó de todas formas.

–Yo no pertenezco a tu mundo –declaró–. Además, socializar se me da bastante mal y no sé comportarme en las fiestas. Será mejor que gastes tu dinero con otra.

–Está bien, te lo diré de otro modo... si es preciso, estoy dispuesto a hacer la vista gorda con Lynne y a olvidar que presta mi casa, sin mi permiso, a personas desamparadas. Hasta es posible que te deje quedarte.

Como Marin no dijo nada, él añadió:

–Bueno, ¿qué te parece? ¿Por qué no te pones un vestido negro y me acompañas a la fiesta de esta noche?

–Porque no tengo ningún vestido negro –respondió, molesta–. Además, estoy segura de que encontrarás otra candidata en tu agenda.

Marin sabía que Jake tenía una agenda llena de nombres de admiradoras y amantes. Lo sabía porque Lynne se lo había contado entre risas en cierta ocasión. Y cuando le preguntó si había intentado algo con ella, su hermanastra se encogió de hombros y respondió: «Una vez, al principio. Pero ni yo soy su tipo ni él es el mío... por eso trabajamos juntos tan bien».

–Es un poco tarde para andar llamando a mis contactos –observó Jake–. Así que deja de discutir conmigo, sé una buena chica y vístete de negro, de blanco o de rosa, de lo que quieras. Si no encuentras nada adecuado, ponte algo de Lynne. Por lo que veo, sois más o menos de la misma talla.

Marin se habría sentido mucho mejor si él no la hubiera estado mirando de ese modo, como si no llevara la toalla alrededor del cuerpo.

–Pero si lo prefieres –continuó él–, podemos quedarnos en casa, relajarnos un poco y sacar una botella de champán del frigorífico. Me gustaría saber más cosas de ti... Y esa opción tiene la ventaja de que ni siquiera tendrías que vestirte. De hecho, podrías quedarte con la toalla si hacemos algunos ajustes que, naturalmente, estarían sujetos a negociación. Tal vez pueda convencerte para que la próxima vez te la bajes un poco... o no la lleves encima. ¿Y bien? ¿Qué prefieres?

Marin apretó los dientes. Además de estar ruborizada, los latidos de su corazón se habían acelerado.

–Prefiero acompañarte a esa maldita fiesta –contestó.

Jake sonrió.

–Una decisión sabia, cariño. Te esperaré aquí, como un buen chico, mientras tú te vistes. Pero si necesitas que te ayude, pégame un grito...

–Te lo pegaré. En cuanto se me ocurra un insulto lo suficientemente grosero para ti.

Marin se giró, sin soltar la toalla en ningún momento, y salió de la habitación con tanta dignidad como pudo.

Capítulo 2

DEBO sacármelo de la cabeza –murmuró Marin. Se miró en el espejo y pensó que, a pesar de los cosméticos de Lynne, tenía un aspecto vulgar. Nadie creería, ni por un momento, que Jake Radley-Smith la pudiera haber elegido como acompañante femenina.

Pero al menos se había puesto su vestido preferido, una prenda de seda verde, color aceituna, que le llegaba a las rodillas. Afortunadamente, era lo último que había metido en la maleta cuando se marchó de Francia y no estaba arrugado.

Una vez más, consideró la posibilidad de escabullirse; sin embargo, tendría que pasar por delante del salón y él se daría cuenta.

Se sentía acechada, como si Jake fuera una pantera negra y ella, su presa. Tenía la sensación de que acercarse a Jake podía ser mucho más peligroso que todo lo que le había sucedido hasta entonces.

Suspiró, desesperada, y pensó que necesitaba el dinero y un lugar donde alojarse. Además, la idea de asistir a la fiesta no le preocupaba tanto. Pediría una copa, se retirará a alguna esquina y se volvería invisible hasta que llegara la hora de marcharse.

Aún se estaba mirando al espejo cuando llamaron a la puerta del dormitorio.

–¿Vas a tardar mucho más?

–No, ya estoy preparada...

Se puso unos zapatos de tacón alto y alcanzó un chal y un bolso pequeño antes de salir. Esperaba que él hiciera algún comentario, pero le lanzó una simple mirada y asintió.

Incómoda, Marin se llevó una mano al cabello y dijo:

–No sé qué hacer con mi pelo. Tal vez debería recogérmelo.

–Así está bien –afirmó él, caminando hacia la salida–. ¿Nos vamos?

Un par de minutos después, cuando ya estaban sentados en un taxi, Marin se atrevió a romper el silencio.

–¿De quién es la fiesta?

–Del jefe de Torchbearer Insurance, uno de nuestros clientes más importantes –respondió él.

–¿Y vuestra agencia está haciendo un buen trabajo con ellos?

–El mejor.

–Entonces, supongo que estarás entre amigos –comentó–. No entiendo que necesites ir con una mujer desconocida.

–Tu presencia en la fiesta será una especie de seguro personal para mí. Y ahora que lo pienso, debería hacerte unas cuantas preguntas antes de que lleguemos... para empezar, ¿cuántos años tienes?

–Veinte –respondió.

–Pareces más joven.

Marin estuvo a punto de suspirar. Al parecer, el maquillaje de Lynne ni siquiera había servido para que pareciera razonablemente refinada.

–¿A qué te dedicas cuando no estás en el paro? –continuó él.

–Soy secretaria. Trabajo para una agencia europea. Tengo talento con los ordenadores, hablo francés y chapurreo un poco de italiano. Además, lo sé todo de reservar mesas en restaurantes, dar excusas en nombre de la persona para la que trabaje, enviar flores, organizar viajes y hasta recoger la ropa sucia.

–Por Dios... pareces una esposa tradicional.

Marin jugueteó con la cadena de su bolso.

–¿Es que Lynne no hace lo mismo por ti?

–Sí, claro que sí. Incluso se podría decir que está a punto de convertirse en la esposa de otro gracias a lo que ha aprendido conmigo.

Ella soltó una risita.

–Yo no diría eso delante de ella –le recomendó.

–Ni yo –dijo Jake, sonriendo–. Pero, ¿qué pasó con tu empleo? ¿Tuviste algún problema con las reservas de restaurantes o con las flores?

Marin apartó la mirada, nerviosa.

–Se produjo un... malentendido. Uno que no pude resolver.

Él tardó un momento en hablar.

–Comprendo –dijo.

Marin pensó que no podía comprender nada; pero se acababan de conocer y no quería darle más explicaciones.

–Ya que estamos con preguntas, deberías decirme cómo debo dirigirme a ti durante la fiesta. ¿Te llamo por tu nombre, Jake? ¿O prefieres que te llame Rad, como hace Lynne?

–Oh, no, lo de Rad es para las horas de trabajo –contestó–. En la intimidad, prefiero que me llamen por mi nombre. Jake estará bien.

Marin se mordió el labio. No quería pensar que asistir con él a una fiesta encajara en la categoría de un momento íntimo.

–Muy bien. Intentaré recordarlo.

La fiesta se celebraba en el club Arundel, cerca de Pall Mall. El vestíbulo de la entrada, lleno de estatuas de estilo clásico, resultó ser tan majestuoso como una catedral. Mientras ascendían por la ancha escalera de mármol, Marin se puso nerviosa al oír el ruido de sus tacones y se preguntó si no sería mejor que caminara de puntillas.

Una vez arriba, giraron a la izquierda por un corredor muy ancho, de moqueta azul, adornado con mesitas que sostenían piezas de cerámica y jarrones con flores.

Jake Radley-Smith le señaló una de las puertas que estaban a la derecha.

–Es el guardarropa de las mujeres. Tal vez deberías dejar el chal.

–Sí, tienes razón...

Marin entró y se vio entre un montón de mujeres que hablaban en voz alta y olían a perfumes caros. Dio el chal a la encargada y notó que un par de jóvenes la miraban y se sonreían entre sí, como si la encontraran vulgar y completamente ajena a ese sitio.

A pesar de ello, se acercó a uno de los espejos y se retocó el carmín antes de volver a salir al corredor. Jake se había alejado un poco y estaba contemplando uno de los cuadros de la pared con el ceño fruncido.

–Ya estoy preparada –afirmó, caminando hacia él.

–No se por qué lo dudo...

De repente, Jake le puso las manos en los hombros, la metió en la habitación más cercana y la besó de un modo lento y tan terriblemente sensual que Marin se sintió desvanecer y estuvo a punto de dejarse llevar.

Pero sólo a punto.

–¿Qué diablos estás haciendo? –preguntó, irritada.

–Arreglarte un poco –respondió él–. No te enfades, Marin... La gente no está acostumbrada a verme con mujeres de aspecto tan inmaculado como el tuyo. Tenía que hacer algo para que no sospechen.

–Si quieren sospechar, que sospechen. La culpa sería enteramente tuya. Has sido tú quien se ha empeñado en que te acompañe.

–Eso es verdad –le concedió–. Pero el truco ha funcionado... Ahora estás lo suficientemente alterada como para que no sospechen.

Jake la tomó de la mano y la llevó hasta la puerta doble del final del corredor. Cuando Marin vio el interior de la sala, se quedó sin habla. Era tan grande como bonita. Estaba llena de gente que hablaba y reía sin parar, ahogando los esfuerzos del cuarteto de cuerda que interpretaba un tema de Mozart.

–Rad... Me alegro mucho de verte. Quería hablar contigo –dijo un hombre.

Súbitamente, Jake desapareció entre un grupo de amigos vestidos de traje y ella se quedó a solas, lo cual aprovechó para recobrar el aliento y la compostura.

Un camarero se acercó a ella con una bandeja y le ofreció su contenido. Marin eligió un zumo de naranja y miró a su alrededor.

La multitud parecía dirigirse poco a poco hacia las mesas del bufé, donde otros camareros se encargaban de servir el banquete. Todo tenía un aspecto tan delicioso que estuvo a punto de ceder a la tentación, pero se contuvo y pensó que se contentaría con la pasta que tenía intención de preparar cuando volviera a casa.

Caminó hacia uno de los balcones, salió y se apoyó en la barandilla de hierro forjado.

Mientras tomaba el aire, pensó que aún cabía la posibilidad de que Jake se olvidara de ella o de que pensara que se había marchado aprovechando su ausencia temporal. Pero lejos de intentar escapar, se sorprendió recordando todo lo que Lynne le había contado sobre él.

Sabía muchas cosas de Jake Radley-Smith. Por ejemplo, que había ganado su fortuna con el trabajo y que tenía una casa en el campo y un piso en Chelsea.

–¿Está casado? –le preguntó en cierta ocasión a Lynne.

Su hermanastra soltó una carcajada y respondió:

–No, ni creo que se vaya a casar nunca. Rad tiene un sexto sentido con esas cosas y sabe cuándo está con una mujer que oye campanas de boda. Además, pasa tanto tiempo de viaje que no tendría ocasión de mantener una relación seria.

Antes de que Marin aceptara el empleo con Wendy Ingram, Lynne se había ofrecido a buscarle un trabajo en su empresa. Pero Marin se negó, pensando que no estaba hecha para eso. Y ahora, mientras disfrutaba del zumo de naranja en el balcón, se dijo que ella también debía de tener un sexto sentido para los problemas.

Justo entonces, se levantó una brisa fresca. Tuvo frío y decidió volver al interior, pero se encontró ante una mujer que le bloqueaba el camino. Era alta y llevaba un vestido negro, muy elegante, cuya sobriedad quedaba equilibrada con el collar de diamantes que le adornaba el cuello. Delgada como un junco y extraordinariamente bella, tenía el cabello rubio y se lo había recogido con un peinado aparentemente informal que debía de haber costado varias horas de trabajo.

Sus ojos, verdes y de pestañas increíblemente largas, se clavaron en Marin con una frialdad que también notó en sus palabras:

—Perdóneme... ¿le importaría decirme quién es? He comprobado la lista de invitados y no está en ella.

—Ha venido conmigo, Diana.

Jake apareció de repente, como salido de la nada. Se acercó a Marin, le pasó un brazo alrededor de la cintura y añadió:

—Se llama Marin Wade. Querida, te presento a nuestra anfitriona, la señora Halsay.

—Debí imaginarlo —dijo la señora Halsay con una carcajada musical—. En las invitaciones que se le envían a Jake, nunca hay un nombre para su acompañante. Su vida social cambia tan deprisa que no hay otra forma de solventar el asunto... Discúlpeme entonces por no haberla reconocido, señorita Wade. Pero dime, querido... ¿de dónde has sacado una niña tan encantadora?

—Digamos que nos encontramos por casualidad.

Diana Halsay hizo un mohín y dijo:

—Has sido muy desconsiderado al permitir que vagara sola por ahí. Sabes de sobra que este sitio está lleno de depredadores.

—No te preocupes por los depredadores —ironizó Jake—. Nuestra separación ha sido simplemente temporal. Y no la he perdido de vista en ningún momento.

Diana Halsay sonrió a Marin y arqueó una ceja antes de girarse otra vez hacia él.

–Bueno, si la vuelves a dejar sola, estoy segura de que encontrará la forma de vengarse de ti. Anda, acompáñala a comer algo, querido... y haz el favor de presentarle a nuestros invitados. Algunos están deseosos por conocerla.

La señora Halsay dio una palmadita a Jake en el brazo y se marchó.

–Niña encantadora... me ha llamado *niña encantadora*. Seguro que no es una descripción que ella reciba muy a menudo –protestó Marin.

Jake sonrió.

–Dentro de treinta años, querida, recordarás las palabras de Diana con cariño y nostalgia –observó él–. Veo que el hambre te vuelve desagradable... será mejor que sigamos su consejo y vayamos a comer.

–Preferiría cenar en casa.

Él arqueó las cejas.

–¿Y qué vas a comer? ¿Un batido de chocolate y un emparedado?

–¿Qué tiene eso de malo? –preguntó, desafiante.

–Tantas cosas que se me ocurre una lista interminable –respondió él–. Además, tu trabajo de esta noche acaba de empezar. Necesitas comer para tener fuerzas.

Cuando llegaron al bufé, Marin se sirvió salmón ahumado, crema de langosta y un volován de gambas, además de una selección pequeña de ensaladas diversas. Para beber, y ante la insistencia de Jake, no tuvo más remedio que aceptar una copa de champán.

–Es uno de los mejores inventos de la humanidad –dijo él, mientras ella probaba el contenido de su copa–. El champán y el vino se pueden tomar a cualquier hora del día... o de la noche.

–Tendré que aceptar tu palabra al respecto –ironizó Marin.

Después de comer, Jake le empezó a presentar a los invitados. Marin no se habría podido negar en ningún caso, porque todo el mundo parecía conocer a Jake. Y curiosamente, todos querían conocerla a ella.

Al principio, pensó que se quedaría sin habla y que no sería capaz de hablar con nadie; especialmente, porque Jake mantenía un brazo alrededor de su cintura. Pero se equivocó. En lugar de sentirse fuera de lugar, como siempre en ese tipo de situaciones, se sorprendió respondiendo a las preguntas con cierta naturalidad e incluso trabando conversación.

Graham Halsay, el presidente de Torchbearer Insurance, fue de los últimos que se les acercó. Era un hombre alto y algo entrado en carnes, aunque atractivo.

–Ah, Rad... Me alegro mucho de verte. Sé que la semana que viene teníamos que hablar sobre la campaña inmobiliaria de Torchbearer, pero me temo que voy a estar muy ocupado... Sin embargo, Diana ha invitado a unos amigos a pasar el fin de semana en Queens Barton y me preguntaba si podrías venir con nosotros.

El señor Halsay se detuvo un momento y añadió:

–Así podríamos hablar de nuestras cosas en privado. Y de paso, me librarías un rato de las interminables competiciones deportivas de mi esposa.

–Bueno, no sé si...

–No te preocupes por nada –dijo Halsay, mirando a Marin–. Estoy seguro de que Diana insistirá en que la señorita Wade te acompañe. Según me ha dicho, le ha parecido absolutamente encantadora.

Marin se puso tensa y notó que Jake la apretaba con la mano.

–Gracias, Graham. Estaremos encantados de ir. Además, me encantaría que Marin vea vuestra casa... los jardines deben de estar espléndidos en esta época del año.

–Excelente, excelente. En tal caso, os veré el viernes que viene... Lo estoy deseando.

Marin permaneció en silencio mientras Graham Halsay se alejaba. Cuando estuvo segura de que ya no les podía oír, comentó:

–Y ahora, ¿qué excusa me invento? ¿Un resfriado veraniego? ¿Un envenenamiento alimentario? Si echo la culpa a la crema de langosta, el señor Graham se sentirá culpable y no se atreverá a hacer preguntas.

Jake apretó los labios.

–No hace falta que te inventes una excusa –dijo–. He aceptado la invitación en nombre de los dos y vamos a pasar el fin de semana en Queens Barton. Que quede bien claro.

–No, de ninguna manera.

Marin intentó apartarse de él.

Jake la inmovilizó, se inclinó sobre ella y le acarició el cuello con un dedo mientras la miraba a los ojos con frialdad.

–Éste no es asunto para discutirlo en público. Ya hablaremos cuando estemos a solas –le susurró al oído–. Y ahora, dedícame una sonrisa cariñosa... como si no pudieras pensar en otra cosa que acostarte conmigo.

Marin intentó sonreírle de ese modo, pero no supo si lo había conseguido. A fin de cuentas, su vida amorosa era tan escasa que tenía asociado el concepto de acostarse a ponerse el pijama y leer un buen libro.

Furiosa, recogió el chal del guardarropa y lo acompañó a la calle sin decir una sola palabra. Poco después se subieron a un taxi y ella se acomodó en la esquina contraria a la de Jake, mientras intentaba poner en orden sus pensamientos.

–¿Y bien? ¿Qué pasa ahora? –preguntó Jake–. ¿Cuál es el problema?

Ella se lamió los labios.

–Que no quiero volver a pasar por esto; no después de lo que he visto esta noche –respondió, con voz ligeramente quebrada–. Puede que parezca más joven de lo que ya soy, y hasta comprendo que alguien me pueda llamar *niña encantadora*, pero no soy estúpida, Jake... Sé que me has utilizado delante del señor Graham porque te estás acostando con su esposa, con Diana Halsay.

–Vaya, ¿ahora vas a adoptar el papel de abogado de la acusación? –contraatacó él, con humor.

–Todo te parece una broma, ¿verdad? Juegas con la vida y con los sentimientos de la gente. No te importa que un tercero pueda salir mal parado de tus aventuras.

–Por supuesto que me importa. Me importa muchísimo. Sobre todo, cuando ese tercero soy precisamente yo.

Marin dio un grito ahogado.

–¿Ahora vas a fingir que no te acuestas con Diana?

–Yo no finjo nada –respondió con tranquilidad–. Sí, es verdad que Diana y yo fuimos amantes durante un tiempo, pero eso terminó hace dieciocho meses, antes de que ella se casara con Graham. Diana sólo estaba buscando un marido rico... cuando le dije que yo no tenía intención de casarme, pensó que podría hacerme cambiar de opinión. Incluso probó con el viejo truco de darme un ultimátum, creyendo que me arrojaría a sus pies. Pero se equivocó.

—Aun así, no puedes negar que me has llevado a esa fiesta para utilizarme como escudo delante de tu cliente...

—No pretendía negarlo, Marin. Verás... cuando Diana comprendió que no podría pescarme, se puso a buscar un sustituto y encontró a Graham, que acababa de salir de un divorcio difícil y quería presentarse ante el mundo con una esposa nueva y glamurosa. Naturalmente, no me invitaron a la boda; pero al cabo de dos meses, Diana se enteró de que yo iba a asistir a cierto acto social y se las arregló para estar presente.

Jake la miró un momento y siguió hablando.

—Fue muy sincera conmigo. Me dijo que sólo se había casado con Graham porque yo no estaba disponible, que su vida sexual era muy aburrida y que quería volver a ser mi amante. Creía que yo aceptaría sin dudarlo, pero se llevó una buena sorpresa cuando rechacé tajantemente su ofrecimiento. De hecho, no me creyó. Insistió en que yo la deseaba.

—¿Y era cierto?

—Ya la has visto, Marin. Es una mujer extraordinariamente atractiva, y yo no soy de piedra. Pero por otra parte, siempre supe que mantener una relación con Diana sólo sirve para buscarse problemas. Su oferta me lo confirmó.

Marin no dijo nada. Se limitó a escuchar.

—Diana se enfadó mucho. Afirmó que nadie la rechazaba dos veces y me amenazó con fingir delante de Graham que ella y yo seguíamos juntos, lo cual provocaría que yo perdiera el contrato con Torchbearer Insurance. ¿Comprendes ahora la situación? Diana es muy capaz de cumplir su amenaza; así que, desde entonces, no voy a ninguna fiesta sin compañía femenina. Y ése es el motivo por el que vendrás conmigo a Queens Barton.

En ese momento, el taxi se detuvo. Jake sacó la cartera y pagó al taxista antes de salir.

–Discutiremos el asunto después de dormir –continuó–. Supongo que sabrás cómo funciona la cafetera, ¿verdad?

–¿Es que vas a quedarte conmigo? –preguntó, incapaz de disimular su consternación–. No es necesario, Jake...

–Me temo que lo es. A no ser que tuvieras la precaución de guardarte la llave de Lynne antes de salir de la casa... Y sospecho que no la tuviste.

Marin se maldijo para sus adentros. Jake estaba en lo cierto; había olvidado la llave y ahora estaba condenada a quedarse con él.

Cuando ya estaban dentro del piso, Jake comentó:

–Me voy a servir un coñac con mi café. ¿Quieres uno?

–No, gracias.

–Entonces, ponme un café solo y sin azúcar. Ah, por cierto... la gente cree que mantenemos una relación y que desayunamos juntos todos los días. Te lo digo para que lo recuerdes por la mañana.

–Si la gente cree eso es que deben de ser tontos –murmuró ella, irritada–. Pero Diana no es tonta. Apostaría todo mi dinero a que no se ha dejado engañar.

–En tal caso, tendremos que ser más convincentes la próxima vez.

–No habrá una próxima vez –afirmó, mirándolo fijamente–. Siento mucho que la esposa de Graham te encuentre irresistible, pero nuestro acuerdo sólo se refería a la fiesta de esta noche. No tenías derecho a aceptar esa invitación en nombre de los dos sin consultarlo antes conmigo. Ni siquiera sabes si tengo planes para el fin de semana que viene.

–Oh, discúlpame... –dijo él con sarcasmo–. Tenía la impresión de que estás sin casa y sin dinero. No se me ocurrió que llevaras una vida social tan intensa.

–Y no la llevo, pero eso no significa que esté dispuesta a ir a Queens Barton y a fingir durante dos días que soy tu amante para que te puedas librar de una mujer despechada.

–Te comprendo perfectamente, Marin. Tus remilgos valen mucho más que las dos mil libras esterlinas que pensaba pagarte.

–¿Dos mil libras? ¿Es que te has vuelto loco?

–No. Es que quiero que me acompañes.

–Pero esa chica, la que te iba a acompañar esta noche... seguro que el fin de semana que viene ya se ha recuperado de su catarro... Podrías ir con ella.

–No es posible. Graham nos ha invitado a ti y a mí.

Marin permaneció en silencio.

–Y ahora, te sugiero que prepares ese café. Cuando vuelvas, hablaremos sobre lo que más te preocupa en este momento.

–¿Sobre lo que más me preocupa?

–Por supuesto –respondió él–. Sobre cómo vamos a dormir en Queens Barton.

Capítulo 3

MARIN sabía preparar café de todas las formas posibles, para todo tipo de gente y con todos los aparatos imaginables; así que, cuando por fin entró en la cocina, logró llenar la cafetera y ponerla al fuego sin sufrir ningún accidente y a pesar de lo mucho que le temblaban las manos.

Mientras el atrayente aroma del café colombiano llenaba la habitación, sacó dos tazas con sus correspondientes platillos, los puso en una bandeja y se apoyó en la encimera a esperar.

Pensó que Jake Radley-Smith había resultado ser adivino. Aunque por otra parte, tampoco tenía que ser muy perceptivo para saber que estaba preocupada por las implicaciones de pasar dos días con él. Sobre todo, cuando sus anfitriones pensaban que eran pareja y esperarían que se comportaran como tales.

Se había metido en un buen lío. Le aterraba la perspectiva de sufrir los ataques de Diana Halsay cuando Jake se tuviera que marchar para estar con Graham; pero por mucho que eso le helara la sangre, lo de pasar dos noches con Jake era aún peor.

Tomó aliento, apartó la cafetera del fuego, la puso en la bandeja y se dirigió al salón.

Jake se había quitado la chaqueta. Estaba sentado en

uno de los sillones, con la corbata aflojada y la camisa, entreabierta. En la mesita, delante de él, había una copa de coñac. Tenía un aspecto completamente relajado. A fin de cuentas, estaba en su casa.

En cambio, ella se sentía como si caminara sobre cristales.

Dejó la bandeja junto a la copa de coñac, sirvió el café y se sentó enfrente de Jake, con las piernas muy juntas y las manos sobre el regazo.

–Por tu aspecto, cualquiera diría que te van a entrevistar para un trabajo –ironizó él–. Pero está bien, hagámoslo así, como un simple asunto de negocios... Te ofrezco dos mil libras esterlinas si sigues interpretando el papel de mi acompañante, como has hecho esta noche; pero esta vez será desde primera hora de la tarde del viernes hasta el domingo después de comer. Tómalo o déjalo. Es mi última palabra.

–Haces que parezca muy sencillo –dijo ella con amargura.

–Porque lo es. A diferencia tuya, intento no complicarme la vida.

–La vida es complicada de todas formas. Si me presento contigo en esa casa, pensarán... que estamos juntos de verdad.

–Ya veo. Te preocupa que tengamos que compartir la cama. ¿Y qué? –preguntó él, encogiéndose de hombros–. No es para tanto. Seguro que has compartido tu cama con muchas personas.

–Pero por decisión propia –puntualizó ella–. Esta vez sería distinto.

Jake entrecerró los ojos y alcanzó su café.

–¿Crees acaso que no seré capaz de pasar dos noches

contigo sin dejarme arrastrar por el deseo? –preguntó con humor–. No te preocupes, Marin. Nunca he tocado a una mujer sin su consentimiento previo. Y tú no me lo vas a dar, ¿verdad?

Marin se ruborizó.

–Verdad.

–De todas formas, te tranquilizará saber que cuando me alojo con una dama en Queens Barton, siempre nos dan habitaciones separadas. La señora Martin, el ama de llaves, es una mujer chapada a la antigua.

Jake se detuvo un momento y continuó.

–Naturalmente, son habitaciones contiguas y están comunicadas. Pero puedes atascar la puerta con una silla por si me da por entrar estando sonámbulo... Aunque ahora que lo pienso, será mejor que la ponga yo.

Marin alcanzó su café, nerviosa.

–No será necesario –se defendió–. Pero aún queda la cuestión de nuestro comportamiento en público... quiero que nuestro contacto sea tan leve como sea posible.

–Estoy completamente de acuerdo contigo. Si quieres, lo ponemos por escrito y por triplicado –bromeó.

–Esto es un juego para ti... –protestó.

–No, no es un maldito juego –afirmó él con brusquedad–. Estoy decidido a salvar mi relación con Graham y Torchbearer, aunque signifique pagar dos mil libras por cuarenta y ocho horas de compañía. Además, tú eres la mejor candidata que podría haber encontrado para el puesto, porque no te conoce nadie.

Jake la miró con intensidad y añadió:

–Antes has dicho que Diana no se ha dejado engañar. Entonces, ¿por qué crees que se ha acercado a ti y te ha acusado de colarte en la fiesta? Evidentemente, porque no te conocía de nada y quería saber quién eras y qué estabas haciendo allí. Tendrás que estar preparada, Marin. Estoy seguro de que insistirá con su interrogatorio.

—¿Y qué quieres que le diga?

Jake se encogió de hombros otra vez.

—Lo que quieras, con excepción de la verdad —contestó—. Pero yo no me preocuparía demasiado... tu pose de timidez y misterio ha funcionado bastante bien con los invitados de la fiesta.

—Porque no es una pose —aseguró—. Soy tímida, es verdad. Y en cuanto al misterio, ¿se te ocurre uno mayor que haberme mezclado contigo? Creo que las cosas habrían sido mucho más fáciles si te hubieras casado con Diana.

—Lo habrían sido para Diana, pero no para mí. Además, yo no soy de los que se comprometen. ¿Lynne no te lo había dicho?

—Lynne es muy discreta. No suele hablar de ti —mintió.

—¡Qué dechado de virtudes! —se burló—. Tendré que subirle el sueldo.

Jake tomó el coñac y se lo terminó de un trago.

—¿Y bien? ¿Qué vamos a hacer, cariño? —siguió hablando—. ¿Qué respondes? Te ofrezco una suma muy generosa por dos días de trabajo. Y sé que necesitas el dinero.

Marin se acordó de lo que le había pasado con Adela Mason. La escritora estaba tan enfadada que la había amenazado con hablar con Wendy para que la despidieran. Y si al final la despedían, tardaría una buena temporada en encontrar otro empleo.

No podía hacer otra cosa que aceptar.

—Muy bien —dijo, con un suspiro—. Trato hecho.

Jake se levantó.

—Excelente. Te llamaré en algún momento de la semana para ponernos de acuerdo en los detalles. Pero antes de que me vaya...

Él sacó una chequera del bolsillo de la chaqueta. Después, rellenó un talón, lo firmó y se lo dio a Marin.

—Aquí tienes. Por el servicio de esta noche.

Marin miró el cheque y se quedó asombrada.

—¿Quinientas libras?

—¿Es que te parece poco?

—No, no... me parece más que suficiente —respondió, asombrada—. No he hecho nada para ganármelo. Me he limitado a quedarme de pie...

—Pero estabas muy decorativa —bromeó, sonriendo—. Ninguno de los invitados se habrá dado cuenta de que lo nuestro era un simple acuerdo comercial. De hecho, hasta yo he estado a punto de olvidarlo.

Marin pensó que ella había tenido el mismo problema. En determinado momento, cuando Jake la tenía agarrada del brazo, había sentido la tentación de recostarse contra él y apoyar la cabeza en su hombro.

Por suerte, se había contenido. No se podía permitir ese desliz.

Jake se puso la chaqueta, caminó hacia la puerta y dijo:

—Hasta el fin de semana que viene. Buenas noches, Marin.

Él salió de la casa y cerró.

Marin se quedó mirando el cheque.

–Bueno, ya te he contado todo mi fin de semana –dijo Lynne–. ¿Qué has hecho tú? Siento haberte dejado sola... Suponía que te encontraría más descansada, y sin embargo, tienes tan mal aspecto como si no hubieras pegado ojo. ¿Sigues preocupada con lo de tu trabajo?

Marin asintió y se mordió el labio.

–Por eso y por las posibles repercusiones –respondió.

Lynne se levantó.

–Anda, ven a contármelo mientras preparo la cena –dijo–. Denise, la madre de Mike, me ha dado una cazuela de pollo y unos pasteles de champiñones.

Marin la siguió a la cocina.

–¿No prefieres comértelo con Mike?

–De ninguna manera... Él no se ha ofrecido a compartir la ternera que le ha dado a él –contestó.

Lynne le dio un escurridor, un cuchillo y una bolsa con judías verdes y añadió:

–Córtalas mientras yo pelo unas patatas.

Trabajaron un par de minutos en silencio, hasta que Lynne lo rompió.

–Puedes empezar a hablar cuando quieras...

Marin inclinó la cabeza.

–Todo iba bien al principio. Hacía un tiempo magnífico y la casa era preciosa... hasta tenía una piscina. Adela me pidió que la tuteara y era muy agradable conmigo. Además, el trabajo iba tan bien que me sentía en el paraíso.

–¿Y qué pasó?

–Que llegó su marido, Greg. Un hombre rubio, atractivo y más joven que ella. Había estado en Alemania por un asunto de negocios, pero supongo que no salió bien, porque parecían enfadados el uno con el otro. Me alegré mucho cuando Adela me propuso que nos marcháramos solas a una casa de campo que había remodelado recientemente.

–Y os marchasteis...

–Sí. Pero un día, cuando yo acababa salir de la piscina, Greg apareció. Dijo que sólo quería echar un vistazo al lugar, para asegurarse de que los obreros habían hecho un buen trabajo –explicó–. Comprobó las ventanas y la cocina y, al final, entró en mi dormitorio. Al ver que yo había dejado un montón de ropa sobre la cama, sonrió y comentó que era muy desordenada, pero que esa vez no le diría nada a Adela.

–Empiezo a comprender –dijo Lynne, muy seria–. ¿Cuándo dio el primer paso? ¿Ese mismo día? ¿En tu habitación?

–No, no fue entonces. Pero no dejaba de mirarme... Y te prometo que yo no le di esperanzas. Te lo prometo –insistió–. Hace unos días, Adela comentó que se iba a ir de compras por la tarde. Yo pensé que Greg se marcharía con ella, así que me di mi baño habitual en la piscina y volví a mi dormitorio. Él me estaba esperando.

–Sigue. Te escucho.

–Se dirigió a mí en términos demasiado cariñosos y yo le pedí que se marchara, pero me empujó a la cama, me quitó el sostén del bikini y me empezó a besar. Ya se había desabrochado la cremallera de los pantalones cuando oí un grito... Estaba tan asustada que pensé que había sido yo, pero me equivoqué. Era Adela. Había regresado a la casa y nos miraba desde el umbral de la habitación.

—Oh, Dios mío...

—Greg se levantó, se abrochó los pantalones y me acusó de intentar seducirlo y de haberme abalanzado sobre él en cuando Adela se marchó de compras. Incluso me insultó... dijo que yo no valía nada; que era una mujerzuela despreciable y ningún hombre en su sano juicio se acostaría conmigo.

Lynne soltó un grito ahogado.

—Supongo que te defenderías...

—Lo intenté, pero Adela no me quiso escuchar. Me llamó cosas terribles y quiso pegarme, pero por suerte, Greg se lo impidió. Dijo que yo no merecía la pena y que debía echarme de inmediato.

—Y te despidió, claro.

—Sí. De no haber sido por Cecile, el ama de llaves, que se ofreció a llamar a su sobrino para que me llevara a Toulouse, me habría quedado en mitad del campo y sin ningún medio de transporte. Cuando llegué a la ciudad, fui al aeropuerto y tomé el primer avión a Inglaterra.

—Maldita canalla... —bramó Lynne—. Esa mujer es una bruja. Espero que su próximo libro sea un fracaso.

Marin no dijo nada. Ella esperaba lo mismo.

—Bueno, no te preocupes por nada; estoy segura de que tu jefe lo entenderá. Y si no es así, te puedes quedar conmigo... el piso es de Rad, así que tendré que hablar con él. Pero no creo que ponga ninguna objeción.

Marin abrió la boca para intentar explicarle lo sucedido, pero su hermanastra siguió hablando y se lo impidió.

—Aunque por otra parte, yo no me voy a quedar mucho tiempo. Mike y yo vamos a empezar a buscar piso dentro de unos días. Hemos decidido que nos casaremos el año que viene, y por supuesto, queremos que tú seas la madrina... Pero ahora que lo pienso, tendré que buscar a alguien para que me sustituya en el trabajo.

—¿Vas a dejar tu empleo? —preguntó, sorprendida.

—Sí, tengo intención de dejarlo cuando me case con Mike —contestó—. ¿Por qué no me sustituyes tú? Si presiono un poco a Rad, te aceptará.

Marin suspiró y dijo:

—Bueno, se podría decir que ya te he sustituido...

Lynne entrecerró los ojos.

—Explícate, Marin.

Marin buscó alguna forma suave de contarle lo sucedido. Como no se le ocurrió, optó por la cruda verdad.

—Me ha contratado para que sea su novia.

Lynne se quedó tan horrorizada que no fue capaz de hablar.

—No exactamente su novia, claro... —puntualizó—. Sólo quiera que finja serlo. Necesitaba una acompañante para ir a una fiesta, y como no te pudo encontrar en casa, me lo ofreció a mí.

—¿Y cuándo es esa fiesta? Porque ya estoy de vuelta y le puedo acompañar.

—Me temo que fue el viernes pasado.

Lynne cerró los ojos.

—Oh, vaya...

—No te preocupes... Todo salió bien. Fue un simple acuerdo de negocios. No hubo ningún problema —aseguró Marin.

–¿Que todo salió bien? Por Dios, Marin... Después de lo que te ha pasado en Francia, esto es como saltar de la sartén para acabar en el fuego. Te juro que Rad me las va a pagar. Soy capaz de matarlo.

–Si quieres matar a alguien, mata a Diana Halsay.

Lynne tardó unos segundos en reaccionar.

–Qué mala suerte... Pensaba que Diana ya habría dejado de acosar a Rad.

–Y en cierto modo, ha dejado de acosarlo –le informó–. Ahora sólo busca venganza. Quiere convencer a su marido de que tu jefe la está acosando a ella, porque sabe que perdería su contrato con Torchbearer.

–Claro... la fiesta del viernes era la de Torchbearer; no sé cómo lo pude olvidar. Pero hay algo que no entiendo... ¿por qué te lo ofreció a ti? En estos casos, Rad suele acudir a una conocida suya, Celia Forrest.

–Me lo ofreció porque se había puesto enferma.

–No me extraña. Seguro que se puso enferma porque quería convertirse en la señora de Radley-Smith y ha comprendido que no es posible. Pero ya se le pasará –comentó con humor–. Una de sus pretendientes me confesó que encapricharse de Jake era como tener la gripe... con la diferencia de que esa gripe sólo se puede quitar fuera de la cama.

Marin se ruborizó.

–No entiendo que tenga tanto éxito con las mujeres. Está demasiado centrado en sí mismo –afirmó.

Lynne la miró con incredulidad.

–¿Que no lo entiendes? Entonces, ¿cómo pudo convencerte para que asistieras a esa fiesta con él? Podrías haberte negado y no lo hiciste.

–Me convenció porque me ofreció una suma muy

generosa. Tan generosa, que no la pude rechazar –respondió.

–Bueno, mientras no repitas la experiencia... –dijo su hermanastra–. Olvida lo que he dicho sobre trabajar para él. Con una vez, basta.

–Pues van a ser dos –le informó–. Los Halsay nos han invitado a pasar el fin de semana que viene en su casa de campo... tu jefe quiere que lo acompañe y ha cuadruplicado la cifra que me ofreció para la fiesta.

Lynne tardó unos segundos en hablar.

–No, nada de eso. Jake tendrá que pasar sobre mi cadáver si quiere llevarte a casa de los Halsay. No debes mezclarte con él. Juega en una banda distinta a la tuya, Marin... y a decir verdad, también a la mía.

–¿A la tuya?

Lynne sacudió la cabeza.

–Estuve a punto de acostarme con él cuando empezamos a trabajar juntos –le confesó–, pero comprendí el peligro que corría y me retiré a tiempo.

–Mi caso es diferente –aseguró Marin–. Es un simple asunto de negocios, nada más. Incluso vamos a dormir en habitaciones separadas... Por Dios, Lynne, mírame un momento. No creerás de verdad que Jake tiene interés en mí...

–Te estoy mirando, Marin. Y lo que veo es una jovencita dulce y terriblemente inocente. Una jovencita que no debería pasar ni un minuto, y mucho menos dos noches seguidas, con un depredador como Jake Radley-Smith.

–Pero...

–Olvídalo –la interrumpió–. Si has aceptado su oferta por el dinero, habla con él y recházala. Te daré lo que te haya ofrecido. Ya me lo devolverás cuando puedas.

Marin se mordió el labio y dijo:

–Te lo agradezco mucho, Lynne, pero sé que apenas tienes lo suficiente para organizar la boda y pagar el depósito del piso. Además, tu jefe me ha pagado quinientas libras por la fiesta y me va a pagar dos mil por el fin de semana. Si Wendy Ingram me despide, ese dinero me vendrá muy bien.

Su hermanastra suspiró.

–No, yo no podría prestarte una suma tan elevada... Pero de todas formas, este asunto no me gusta nada en absoluto. Hablaré con mi jefe mañana por la mañana.

–No, por favor, no intervengas –le rogó Marin–. He llegado a un acuerdo con él y lo voy a cumplir. Pero no te preocupes; después de lo que me ha pasado en Francia, mi instinto de supervivencia se ha potenciado enormemente. Ya no soy una niña, Lynne; he aprendido a cuidar de mí misma.

–Ya sé que no eres una niña, Marin –dijo su hermanastra–. Ése es el problema.

Capítulo 4

MARIN tardó en conciliar el sueño aquella noche. Intentó convencerse de que estaba preocupada porque tenía que hablar con Wendy Ingram, pero sabía que su inquietud se debía a que no había sido completamente sincera con Lynne. Ni consigo misma.

Se giró en la cama, tensa, y se dijo que era muy capaz de resistirse a los encantos de Jake. Además, en Queens Barton no estarían solos; habría más invitados, y él tendría que pasar mucho tiempo con Graham Halsay.

En cuanto a la noche, el ama de llaves de los Halsay les daría habitaciones separadas y eso evitaría cualquier tentación.

Sólo iban a ser cuarenta y ocho horas. Nada más.

Y cuando terminaran, no volvería a ver a Jake Radley-Smith. A no ser que Lynne lo invitara a su boda.

Sólo iban a ser dos días y dos noches.

Después, él saldría de su vida para siempre.

Despertó a media mañana, más tarde de lo que había planeado. El piso estaba vacío. Lynne le había dejado una nota donde le informaba de que volvería a las seis de la tarde y de que había cruasanes, cereales y huevos si quería desayunar.

Marin se preparó unos huevos revueltos y una tostada con mermelada de fresa, que tomó con una buena taza de café.

Después de desayunar, se puso una falda gris, una blusa blanca y una chaqueta de color azul marino. Tenía que ir a ver a su jefa.

Cuando entró en la oficina, la recepcionista la miró con asombro y susurró:

—El teléfono no ha dejado de sonar desde el viernes, Marin. Parece que te has buscado un buen problema... Wendy te está esperando.

Marin entró en el despacho de su jefa, que le hizo un gesto para que tomara asiento. Marin obedeció.

—Esta vez te has superado –dijo Wendy–. La señora Mason dice que eres una especie de ninfómana, un lobo disfrazado de cordero que ha abusado de su hospitalidad, de su amabilidad y de su confianza. ¿Y bien? ¿Tienes algo que decir?

—Que se ha equivocado de lobo –contestó.

Marin le hizo un resumen de lo sucedido y añadió:

—Sospecho que, cuando me contrató, creyó que yo no le interesaría a su esposo, que no sería su tipo de mujer.

Wendy Ingram soltó una carcajada.

—Sí, yo también lo sospecho. No te preocupes, Marin... sin embargo, me temo que no puedo darte ningún trabajo hasta dentro de unos cuantos días. Tendrías que sustituir a la administrativa de una clínica veterinaria de Essex durante cuatro semanas. Pensaba enviar a Fiona, pero no quiere alejarse de su novio tanto tiempo.

Marin la miró y sonrió.

—Dile a Fiona que no hay problema. Ya me encargo yo.

Marin estaba preparando pan de ajo, pasta y una salsa boloñesa cuando Lynne regresó aquella tarde al piso. Su hermanastra notó el olor y declaró:

—Qué bien huele... Creo que te voy a contratar.

—Demasiado tarde. La semana que viene me marcho a Essex para hacer una sustitución en una clínica veterinaria. Y como todavía tengo un empleo, ya no tendré que acompañar a Jake —le informó.

—Oh, vaya —dijo Lynne.

Marin dejó de remover la salsa y la miró.

—¿Qué ocurre? Pensé que te alegrarías de saberlo...

—Y me alegraría si no me hubiera pasado todo el día respondiendo las llamadas de Diana Halsay. Esa mujer se ha empeñado en complicarle la vida a mi jefe. Rad cuenta contigo, Marin —dijo, mirándola con intensidad—. Lo sé porque me ha ordenado que mañana te lleve de compras.

—Lo único que yo me quiero comprar son unos vaqueros y unas botas —afirmó Marin—. Hace un par de meses, Naomi estuvo trabajando para un veterinario de Norfolk y no hizo otra cosa que cruzar campos sembrados y barrizales.

Lynne rió.

—Bueno, antes de comprar ropa para vivir en el campo, ¿qué te parece si te compras un par de vestidos de noche y unos cuantos complementos? Sobra decir que los gastos corren a cuenta de Rad.

–Pero Lynne...

–Marin, sabes que no te lo pediría si no fuera completamente necesario. Pero no te preocupes por él. Le he dicho que no eres su tipo.

–¿Que no me preocupe? –preguntó, asombrada–. No se lo habrá creído...

–Aunque tuvieras razón, me ha dado su palabra de honor de que cuidará de ti y de que se portará como un caballero.

Marin rió con ironía.

–¿Jake Radley-Smith te ha dado su palabra de honor? Como si valiera algo...

Lynne entrecerró los ojos, se acercó a la cacerola donde se estaba cociendo la pasta y añadió un chorrito de aceite de oliva.

–Marin, puede que mi jefe sea alérgico al matrimonio, pero es un hombre de fiar –afirmó–. Además, no te entiendo... anoche estabas decidida a acompañarlo y ahora hablas de él como si fuera Barbazul en persona. ¿Qué ha cambiado?

Marin se encogió de hombros.

–Tal vez me haya dado cuenta de que tú tenías razón –respondió.

–Pero es verdad que el dinero te vendría bien. El alquiler que te pagan por tu piso apenas alcanza para pagar los plazos de la hipoteca –le recordó–. Mira... hace mucho tiempo que trabajo con Rad y nunca ha roto su palabra. Creo que deberías concederle el beneficio de la duda. Pero naturalmente, la decisión es tuya.

Marin miró la salsa, la volvió a mover y pensó que

ése no era el problema. No desconfiaba de Jake; desconfiaba de sí misma.

Veinticuatro horas más tarde, Marin se había convertido en la flamante propietaria de todo un vestuario nuevo.

–No necesito tanta ropa –protestó mientras Lynne la llevaba a otra tienda–. Gastar tanto dinero en cosas que sólo me voy a poner dos días, me parece una barbaridad. Y no quiero más ropa interior... tengo de sobra.

–Lo sé, pero es necesario –dijo Lynne–. Es posible que no seas tú quien deshaga tu equipaje, y tu anfitriona conoce muy bien los gustos de Jake... si llevas tus cosas, se daría cuenta de que todo es una farsa.

Marin apretó los labios.

–¿Y qué tipo de ropa interior debo llevar? –preguntó, irritada.

–Bueno, teniendo en cuenta que vas a pasar un fin de semana con el hombre del que supuestamente te has enamorado... tendrá que ser de seda y con gran cantidad de encaje –respondió su hermanastra.

Marin hizo tal mueca de desagrado que Lynne añadió:

–No pongas esa cara... No vas a pagar ni una libra por ello. Y la semana que viene, si te apetece, lo puedes tirar todo a la basura.

–Eso es justo lo que haré –prometió.

Cuando por fin llegó el viernes, Marin estaba tan tensa que creía que iba a estallar. Jake se presentó en el piso a la hora señalada, puntual como un reloj.

–Me alegra observar que no has huido –dijo él, sonriendo.

Jake se había puesto unos pantalones grises que enfatizaban la longitud de sus piernas y la estrechez de sus caderas. Llevaba la camisa ligeramente abierta y arremangada, mostrando su piel morena.

–¿Debería? –preguntó ella.

Marin se había puesto un top rojo, sin mangas; una falda de color crema que le llegaba a la cintura y unos zapatos que, además de aumentar su altura en un par de centímetros, también aumentaban su confianza en sí misma.

Él la miró con detenimiento y se encogió de hombros.

–No estoy seguro –respondió.

Marin esperaba que hiciera algún comentario sobre su aspecto, pero Jake se limitó a señalar su equipaje.

–¿Sólo llevas una bolsa?

–Es un fin de semana, Jake. No vamos a estar toda la vida por ahí.

Jake sonrió.

–No, pero hablas como si te hubieran condenado a cadena perpetua –ironizó él–. ¿Nos vamos?

El coche que los estaba esperando era tan potente y moderno como Marin había imaginado. Molesta, se sentó en el asiento del copiloto y se puso el cinturón de seguridad. Ardía en deseos de decirle que era un hombre egoísta y arrogante, pero en lugar de eso, se dedicó a admirar la habilidad con la que Jake conducía entre el tráfico de Londres.

–¿Sabes conducir? –preguntó él al cabo de un rato.

–Tengo el permiso y conduzco si el trabajo me lo

exige, pero no tengo muchas oportunidades cuando estoy en Londres.

–¿Quieres llevarlo tú?

Marin soltó un grito ahogado.

–No, no... gracias.

–Como quieras... He pensado que tal vez te gustaría. Así empezarías el fin de semana con algo agradable, independientemente de lo que pase después.

–¿Es que esperas problemas?

–Bueno, si pensara que va a ser una reunión de amigos, iría solo –contestó él–. No sé lo que va a pasar, Marin, y eso me incomoda. Me sentiré mejor cuando nos vayamos de allí.

–No tanto como yo. Seguro.

Jake sonrió sin humor.

–Te creo. Pero hazme el favor de no decirlo en voz alta cuando lleguemos.

Una hora después, llegaron a su destino. Queens Barton resultó ser un pueblo precioso, de casas antiguas y jardines muy bien cuidados. La mansión de los Halsay, de estilo georgiano, se encontraba unos cien metros detrás de la iglesia, al final de un camino privado.

Jake aparcó en el amplio vado de la entrada, donde ya había varios coches, y salió del vehículo para abrirle la portezuela a Marin.

–No te preocupes; todo saldrá bien. Le he prometido a tu hermanastra que cuidaría de ti y pienso cumplir mi palabra.

Marin salió del coche. Un segundo después, Jake se inclinó sobre ella y le dio un beso en la frente.

Marin lo miró, nerviosa. Sólo había sido un beso inocente, pero le había afectado tanto que no sabía si reír o llorar.

–¿A qué ha venido eso? ¿Forma parte de nuestra pequeña representación?

–No, es que me apetecía –contestó él–. Ah, mira... aquí está nuestro anfitrión.

Graham Halsay apareció en la entrada de la mansión y sonrió.

–Me alegro de volver a verte, Jake. Y también a usted, señorita...

–Wade, Marin Wade. Pero llámame Marin, por favor... Este lugar es precioso –añadió, echando un vistazo a su alrededor–. Una verdadera delicia.

Graham sonrió, satisfecho.

–Es nuestro santuario privado –comentó–. Siempre ha sido así y siempre lo será.

Su anfitrión los llevó hasta un vestíbulo grande, con suelos de ajedrezado blanco y negro.

–Tengo entendido que Diana está hablando en este momento con la cocinera –continuó–. Pero la señora Martin os llevará a vuestras habitaciones.

Al oír la referencia en plural, Marin estuvo a punto de soltar un suspiro de alivio. Segundos más tarde apareció el ama de llaves, una mujer regordeta que los llevó escaleras arriba, hasta un corredor.

–Ésta es su habitación, señorita Wade. Espero que la encuentre cómoda... el señor Radley-Smith se alojará en la habitación contigua –dijo la mujer–. ¿Quiere que llame a alguien para que la ayude a deshacer el equipaje?

–No se moleste, señora Martin. Nos las arreglaremos solos. ¿Verdad, cariño? –intervino Jake, interpretando fielmente su papel.

En cuanto se quedaron a solas, Jake la acompañó al

interior y abrió la puerta que comunicaba las dos habitaciones.

—Bienvenida a Queens Barton —dijo él—. Me temo que tendremos que compartir cuarto de baño... está al otro lado del pasillo. Pero como ves, no te mentí al afirmar que nos darían dormitorios diferentes. Y si te sientes más segura, puedes echar el cerrojo de la puerta que los comunica.

Marin se ruborizó.

—Gracias —acertó a decir—. Será mejor que deshaga mi equipaje.

—Una forma muy amable de pedirme que me retire a mi lado de la valla y que me quede allí —ironizó él—. Sin embargo, deberíamos dejar la puerta abierta y practicar nuestras habilidades sociales, ¿no te parece?

—Prefiero estar sola un rato. Tengo que poner mis pensamientos en orden.

Jake se encogió de hombros.

—Muy bien. Entonces, nos veremos después.

Cuando se quedó a solas, Marin cruzó la habitación hasta el balcón y se sentó en una silla acolchada, dejando que el sol le calentara la piel.

Sus habitaciones estaban en la parte trasera de la casa y daban al jardín y a una piscina en la que en ese momento no había nadie. Al verla, pensó que en otras circunstancias, aquel fin de semana podría haber sido maravilloso.

Echó un vistazo a la puerta que comunicaba las dos habitaciones. Casi era tan recia como los muros de la casa, muy anchos, y cerraba tan bien que no se oía el menor ruido procedente del dormitorio de Jake. Pero si hubiera sido de cristal, no se habría sentido más insegura. Podía sentir su presencia al otro lado.

Recordó el beso que le había dado unos minutos antes en la frente y se estremeció. Tenía que pensar en otra cosa, en lo que fuera, así que le dio por pensar en Lynne para tranquilizarse. Desgraciadamente, el remedio fue peor que la enfermedad; se acordó de que su hermanastra estaba a punto de casarse con el hombre que amaba y sus pensamientos regresaron de inmediato a Jake.

Desesperada, suspiró y apoyó la cabeza en el cristal del balcón.

Deseaba a aquel hombre. No lo podía negar. Pero estaba convencida de que no se podía permitir el lujo de dejarse llevar por el deseo.

Suspiró otra vez y se levantó de la silla. Después, se quitó los zapatos y se tumbó en la cama con intención de descansar un poco. Estaba realmente agotada. No había dormido bien en toda la semana.

Al cabo de unos minutos, la puerta se abrió y Jake apareció descalzo y sin camisa.

Antes de que Marin pudiera protestar, él se tumbó en la cama, sobre ella, y la besó apasionadamente. Marin no se resistió. Llevó las manos a sus hombros y se dejó llevar, excitada.

Pero el encuentro amoroso sólo duró unos segundos; los que tardó Diana Halsay en llamar a la puerta y entrar sin esperar invitación.

–Oh, vaya... –dijo la mujer.

Jake se apartó de Marin y le dio otro beso antes de sentarse en la cama.

–Quería saludar a Marin y asegurarme de que tiene todo lo que necesita –continuó Diana–. Pero veo que te has adelantado, Jake. En fin... espero que me disculpéis por la intromisión. La próxima vez seré más cuidadosa.

Diana se dio la vuelta y añadió, antes de salir:

–Si os apetece, podéis bajar al jardín a tomar el té.

La mujer cerró la puerta y se alejó.

Marin respiró hondo, nerviosa.

–¿Sabías que iba a entrar en la habitación? –preguntó.

–Sí, claro. Me disponía a ir al cuarto de baño cuando he oído que hablaba con alguien al final del corredor... He supuesto que venía a cotillear y he decidido adelantarme a ella para que nos encontrara juntos.

Marin no fue capaz de hablar. El contacto de sus labios y de su cuerpo la había dejado completamente anonadada. Lo miraba y no veía otra cosa que su piel desnuda y morena.

Jake extendió un brazo y le apartó un mechón de la cara.

–Bueno, ¿quieres que bajemos a tomar el té? –continuó–. A no ser que tengas una propuesta alternativa, por supuesto...

–No, no –acertó a responder, ruborizada–. Tomemos ese té.

Marin tuvo que sacar fuerzas de flaqueza para contenerse. Deseaba probar el fruto prohibido. Deseaba acariciar su piel, pasar la mano por el vello oscuro de su pecho y rozar sus labios con los dedos. Deseaba volver a sentir su peso sobre ella.

–En tal caso, arréglate. Bajaremos dentro de treinta minutos –dijo él–. Esta casa es un laberinto, de modo que llamaré a la puerta cuando me haya duchado y vestido. No quiero que te pierdas por ahí...

Antes de marcharse, Jake le dedicó una sonrisa sin ningún tipo de ambigüedades; una sonrisa simplemente amable.

Marin estuvo a punto de decir que ya se había perdido, que estaba muerta de miedo y que quería volver a ser la chica que había sido antes de conocerlo; pero obviamente, se lo calló. Por mucho que deseara a Jake, haría cualquier cosa por ocultar lo que sentía.

Capítulo 5

AQUELLA noche, mientras Marin se vestía para bajar a cenar, pensó en lo sucedido durante la tarde y maldijo su suerte. Suponía que tomar el té en el jardín sería una experiencia agradable, y que consistiría en tomar algo al sol, entre las margaritas de las praderas.

Pero la realidad había resultado muy diferente.

Cuando bajó por la escalera, del brazo de Jake, sintió el deseo irrefrenable de darse la vuelta y salir corriendo. Los criados habían instalado unos cuantos sillones de mimbre en el jardín, junto con una mesa perfectamente servida que presidía Diana Halsay en persona.

–¿Estás bien? –susurró Jake al notar su nerviosismo.

Marin asintió.

Había tres parejas más: Sylvia Bannister, una morena muy elegante, y su marido, Robert Bannister, un hombre alto y de cara sonrosada que hablaba con vehemencia; también estaban Chaz y Fiona Stratton, dueños de varias tiendas de antigüedades; y por último, los Dawson, que eran bastante mayores que el resto.

Tras las introducciones de rigor, Marin se sentó en uno de los sillones. Jake se acomodó en la hierba, a sus pies, y le pasó un brazo por encima de las rodillas en un gesto de posesión que no pasó desapercibido a ninguno de los presentes.

Marin se sintió como si estuviera en mitad de una guerra, entre fuego cruzado. Quizás había llegado el momento de asumirlo y tomar partido.

Miró a Jake, admiró su cabello todavía mojado y deseó tocarlo. Después, se recordó que le iba a pagar dos mil libras esterlinas por dos días de trabajo y pensó que debía empezar a ganarse su sueldo.

Acercó una mano a su cabeza y se la acarició; su pelo olía a jabón y a algún tipo de champú caro, con un fondo cítrico. Luego, bajó la mano hasta la nuca de Jake y murmuró:

—No te has secado bien.

—Es que tenía prisa —dijo él, mirándola con afecto—. La próxima vez, te pediré que me lo seques tú.

Marin deseó no ruborizarse con tanta facilidad; pero a fin de cuentas era ella quien había empezado el juego y quien debía continuarlo.

—Será un placer —replicó.

En ese momento se oyó la voz de Diana Halsay, tajante.

—Consuela —dijo, dirigiéndose a una de las criadas—, haz el favor de atender a nuestros invitados.

En cuestión de segundos, Consuela puso una mesita delante de Marin y Jake y la llenó con canapés de salmón, berro y huevo, además de un paté que estaba delicioso y de dos tazas de té con limón.

A pesar de su nerviosismo, Marin consiguió comer un poco y dar conversación a Clare Dawson, una mujer regordeta, de cabello canoso y dispuesta a ser amigable.

Cuando terminaron de tomar el té, Diana se dirigió a ellos y anunció:

–La cena de esta noche será estrictamente informal, queridos. Mañana he invitado a unos vecinos, de modo que podemos dejar las formalidades para entonces.

Sin embargo, mientras volvían a sus habitaciones, Jake aclaró a Marin que no debía creer a su anfitriona.

–Diana nunca ha hecho nada informal; por lo menos, en el sentido que la gente da esa palabra. Sospecho que quiere engañarte para que cometas un error... ponte algo de lo que compraste con Lynne –dijo.

Marin se mordió el labio.

–Como quieras.

Después de pensárselo mucho, se puso un vestido de color turquesa, sin mangas, con un corpiño que resaltaba sus senos. Había estado a punto de no comprárselo porque sólo le llegaba a las rodillas y era muy estrecho y escotado. Pero Lynne se empeñó, y cuando Marin le hizo ver que no podría llevarlo con sujetador, dijo:

–Mucho mejor.

Para completar el conjunto, se hizo un moño que aseguró con un pasador y unos pendientes de plata, con forma de espirales.

Por fin, Jake llamó a la puerta de su habitación. Y al verla, se quedó sorprendido.

–¿Te parece excesivo? –preguntó ella con inseguridad–. Dijiste que...

–No, no... estás preciosa. Las otras mujeres se morirán de envidia.

Cuando entraron en el salón, Marin comprobó que Jake no se había equivocado al suponer que Diana la había querido engañar. Todos iban de etiqueta. Diana había elegido un vestido azul, tan peligrosamente abierto por la espalda como por delante, y le lanzó una mirada de disgusto en cuanto la vio.

Robert Bannister se acercó con una copa en la mano y admiró el escote de Marin.

–Vaya, Jake... siempre has sido un hombre afortunado. No hay duda –declaró–. ¿Queréis que os sirva con cóctel Halsay?

Jake sonrió y dijo:

–Te lo agradezco mucho, pero no. Marin tomará vino blanco; y yo, una ginebra con tónica.

En la primera oportunidad que tuvo, se inclinó sobre Marin y le susurró una recomendación al oído.

–Si no quieres beber demasiado, echa el vino en alguna de las plantas de Diana. Como ves, el salón está lleno...

Graham Halsay se acercó poco después.

–Veo que ya os han servido una copa. Excelente –dijo–. Tú ya conoces a todos los invitados, Jake, pero deberíamos presentárselos a tu encantadora acompañante.

Las presentaciones resultaron bastante más agradables de lo que Marin había supuesto, así que se empezó a relajar.

–Llevas un vestido de Fenella Finch, ¿verdad? –comentó Clare Dawson–. Es la diseñadora preferida de mi hija, pero me temo que su ropa no me queda bien.

Su marido, Jeffrey, un hombre alto y de pelo canoso que a Marin le recordó a su padrastro, sonrió a Clare y dijo, con afecto:

–A mí siempre me has parecido preciosa, querida.

Marin sintió envidia al ser testigo del cariño que Clare y Jeffrey se profesaban. Le recordaron a su madre, que se había enamorado dos veces y las dos, de hombres maravillosos. En su opinión, el secreto de las relaciones no estaba en la belleza o el dinero, sino simplemente en el amor.

Aún se estaba preguntando si encontraría al hombre adecuado para ella cuando pasaron al salón y se acomodaron. Diana había dispuesto las cosas de tal manera que se encontró sentada junto a Robert Bannister, con Jake al otro lado de la mesa y a cierta distancia.

Sin embargo, la comida resultó tan buena como la compañía de Bannister, que le animó la velada con sus bromas y su coqueteo inocente.

Al cabo de un rato, la conversación de los invitados derivó inevitablemente hacia la climatología.

–Lo has vuelto a conseguir, Diana –afirmó Chaz Stratton–. ¿Es que tienes algún tipo de pacto con los dioses del tiempo?

Diana Halsay se unió a las risas de los demás.

–Ya me gustaría a mí, Chaz... hacer planes durante el verano inglés es como jugar a la ruleta. No me extraña que la gente haya empezado a veranear en el sur de Europa. He intentado convencer a Graham para que hagamos lo mismo y nos compremos una segunda casa, pero es un hombre terriblemente obstinado –protestó.

–Ya tenemos una segunda casa, querida –le recordó su esposo–. De hecho, estamos cenando en ella.

–Sí, por supuesto –se defendió Diana–, pero resulta invivible cuando la temperatura baja y se pone a llover todo el tiempo. Leila James se ha comprado una casa cerca de Marbella, en España. Gilly Webb está buscando una propiedad en Italia, y otra de mis amigas está renovando su mansión del sur de Francia... Y aquí estoy yo, en cambio, sintiéndome afortunada porque sigo en Inglaterra y lleva dos días sin llover.

–Sigue insistiendo, Diana –intervino Robert Bannister–. Estoy seguro de que Graham terminará por ceder.

En ese momento, Diana se volvió hacia Marin y le preguntó:

–¿Y tú, querida? ¿Dónde pasas el verano? Supongo que tendrás algún lugar donde descansar bajo el sol...

Marin respiró hondo y respondió con la mayor tranquilidad del mundo.

–Soy muy afortunada. Mis padres tienen una casa en Portugal, y paso largas temporadas con ellos.

–¿En serio? –dijo Diana–. Qué maravilla...

Diana cambió inmediatamente de tema y de objetivo. Pero un buen rato más tarde, cuando estaban sirviendo el café, Marin se volvió a encontrar a tiro de Diana.

–¿Sabes nadar, Marin? –le preguntó–. Mi competición de los sábados por la mañana se ha convertido en una tradición... me encantaría que participaras en ella.

Hasta ese momento, Marin no había entendido la insistencia de su hermanastra para que también se comprara un bañador nuevo. Por suerte, Lynne se había salido con la suya.

Miró a Diana y estuvo a punto de responder que había estado en el equipo de natación de su instituto y en otro de la liga regional, pero decidió mantenerlo en secreto.

–Será un placer, Diana.

–Magnífico, magnífico –dijo ella, antes de girarse hacia Jake–. Ardo en deseos de verte en la pis... rido... puede que este año te ganen.

–Me temo que no será posible –intervino con una sonrisa tensa–. Jake y yo tenemos a tratar por la mañana. Tendréis que empezar sin nosotros, querida... Espero que nos disculpes.

Diana suspiró, hizo un gesto de resignación con las manos y dijo:

—Ah, esto es lo que pasa cuando te casas con un obseso del trabajo. Aunque sospecho que no soy la única de las presentes que tiene ese problema... Ten cuidado, Marin. No mantengas relaciones con hombres que siempre ponen el trabajo en primer lugar.

Marin comprendió las intenciones de Diana. Le estaba diciendo, de forma elegante, que se mantuviera alejada de Jake.

—Recordaré tu consejo, Diana —comentó—. Si es que alguna vez siento esa tentación...

Cuando salieron del comedor, Jake se vio momentáneamente detenido por su anfitrión y Marin se encontró junto a Sylvia Bannister.

—Has resultado ser la sorpresa del fin de semana —comentó, con un fondo altanero—. ¿Cómo conociste a Jake? Si no es indiscreción, por supuesto.

—No, en absoluto —respondió Marin—. Jake y yo nos conocimos a través de mi hermana. Trabaja para él.

—Ah —dijo, sorprendida—. Pero supongo que tú no...

—No, por Dios... —afirmó Marin—. Eso sería muy poco inteligente por mi parte. A fin de cuentas, siempre se ha dicho que mezclar los negocios y el placer es un error.

—Sí, eso dicen. Entonces, ¿cómo te ganas la vida?

—Trabajo para la Ingram Organization. Es una agencia que se encarga de ofrecer servicios de administración a empresas.

—Debes de ser muy buena en tu trabajo, porque es

evidente que te pagan muy bien –comentó Sylvia, que lanzó una mirada a su vestido de Fenella Finch–. ¿Y cuándo conociste a Jake.

Marin se encogió de hombros.

–Oh, hace tiempo... pero tengo la impresión de que nos conocemos desde siempre.

La señora Bannister entrecerró los ojos.

–Pues Jake te ha mantenido completamente en secreto. No me extraña que Diana... –empezó a decir–. Pero no, olvida lo que iba a decir. No es importante.

–No, no lo es –dijo Marin, sonriendo.

A continuación, Marin se alejó de Sylvia y se acercó a Diana.

–Espero que me disculpes, Diana. Ha sido un día muy largo y voy a retirarme a mi habitación –anunció.

Diana sonrió, pero mirándola con frialdad.

–Y seguro que también será una noche larga, querida –ironizó–. Pero convence a Jake para que te permita descansar un poco. No queremos que mañana te ahogues...

Marin se ruborizó.

–Gracias por el consejo, Diana, aunque dudo que corra ese peligro. Además, ya conoces a Jake; no es un hombre fácil de rechazar.

Minutos después, Marin estaba colgando el vestido en el armario de su habitación cuando Jake llamó a la puerta.

–Marin... ¿puedo hablar contigo un momento?

Marin dudó.

–¿No puedes esperar hasta mañana? Estoy cansada.

–Prefiero que hablemos ahora. Contaré hasta tres en voz alta y entraré –anunció.

Ella se puso tensa de inmediato. Se había quitado la ropa y sólo llevaba unas braguitas de encaje.

–Uno...

–No, no, espera un momento...

Rápidamente, Marin alcanzó el batín de satén que también había comprado a instancias de Lynne y se lo puso.

Cuando Jake entró en la habitación, la miró con detenimiento y comentó:

–Lynne tiene un gusto irreprochable.

–Si eso es lo que tenías que decir, podías haber esperado a mañana.

–No me gusta esperar. Pensaba que ya te habrías dado cuenta.

–Entonces, ¿qué quieres?

Jake tardó un par de segundos en responder.

–Clare Dawson, quien por cierto está encantada contigo, ha notado que has tenido un pequeño enfrentamiento con Diana y tenía miedo de que te hubieras marchado por su culpa. Lo siento, Marin... lamento no haber estado a tu lado.

Marin se mordió el labio.

–No hay nada que sentir –dijo, forzando una sonrisa–. Creo que esta vez no he salido muy mal parada del encuentro.

–Tal vez no, pero conozco a Diana y sé que insistirá. Maldita sea... debí rechazar la invitación de Graham. Podía haber hablado con él en otro momento.

Marin se encogió de hombros.

–No te preocupes tanto. He pasado por situaciones peores.

–Entonces, tienes toda mi solidaridad –dijo él con

una sonrisa–. Sin embargo, no es necesario que mañana participes en esa competición. Si quieres, puedo encontrarte una excusa conveniente.

–¿Después de que me hayas comprado un bañador nuevo? No, ni lo sueñes, Jake. Participaré en la competición de Diana y procuraré quedar en buen lugar.

–Ah, otra cosa... ¿Lo de la casa de tus padres es cierto? ¿Es verdad que tienen una casa en Portugal?

–Por supuesto que sí. ¿Lynne no te lo había mencionado?

–Sinceramente, no me acuerdo –contestó–. Ten en cuenta que no compartimos todos los aspectos de nuestras vidas...

–Y sospecho que mi hermana te está agradecida por ello –declaró con sarcasmo.

Jake frunció el ceño.

–Guarda tus uñas afiladas para cuando las necesites, Marin. Te he preguntado lo de Portugal porque me sorprende que no fueras a casa de tus padres cuando te quedaste sin empleo, sin casa y sin dinero. ¿Es que no te habrían ayudado?

–Sí, pero son muy independientes y les gusta vivir a su modo, sin interferencias –respondió.

Marin prefirió no añadir que si Derek hubiera sabido lo que le había pasado con Greg, habría ido a matarlo con un hacha.

–Y en lugar de eso, acudiste a Lynne y acabaste en mis garras –bromeó él–. Portugal habría sido más seguro para ti.

–Tal vez, pero a medio plazo me habría creado problemas porque se habrían empeñado en que me quedara. Además, nuestro acuerdo terminará dentro de treinta y seis horas. Y después, no nos volveremos a ver... ¿Querías algo más? Supongo que querrás volver abajo, con tus amigos –afirmó.

–No puedo volver a bajar, Marin. Te has retirado tan temprano que todos lo han tomado como una insinuación para que te acompañara –explicó–. Si mañana no aparecemos exhaustos en el desayuno, se extrañarán.

–Sí, Diana ha insinuado algo parecido. Pero sólo quería acostarme pronto... no pretendía dar esa impresión.

Jake sonrió.

–Y yo que pensaba que era un truco malévolo...

–No soy precisamente malévola.

–No, ya me he dado cuenta –dijo, clavándole sus ojos azules–. Cometí un error al involucrarte en este asunto. Nunca me arrepiento de lo que hago, pero ésta es una de las excepciones.

–Ya es tarde para arrepentirse.

–Sí, lo sé.

Jake llevó las manos a su cara y la miró como si fuera a besarla, pero se contuvo.

–Buenas noches, Marin. Que duermas bien.

Marin miró a Jake hasta que desapareció por la puerta de su habitación y cerró. Después, se llevó una mano a los labios que él había estado a punto de besar y lamentó que no lo hubiera hecho.

Marin durmió tan mal que cuando despertó, a primera hora de la mañana, la cama estaba tan revuelta como si hubiera pasado un huracán. Consideró la posibilidad de arreglarla un poco, pero hacía tanto calor y se sentía tan pegajosa que se levantó.

Se acercó a la ventana, contempló los jardines bajo la luz del sol y decidió que le apetecía salir a dar un paseo.

Se duchó deprisa, se puso unos pantalones blancos y un top azul sin mangas y miró la puerta que daba al dormitorio de Jake como si estuviera esperando que se abriera en cualquier momento. Pero naturalmente, no se abrió. Seguía tan herméticamente cerrada como la noche anterior. Jake le estaba demostrando que podía confiar en él.

Al bajar las escaleras, oyó voces y un tintineo de cubiertos en el comedor, síntoma inequívoco de que los criados estaban preparando la mesa para el desayuno. Sin embargo, Marin vio que el salón estaba vacío y que tenía los balcones abiertos, así que lo cruzó tranquilamente y salió al jardín.

La hierba seguía mojada por el rocío de la mañana y el aire era más fresco de lo que había imaginado.

Tomó el camino de piedra que llevaba a la piscina y entró en el recinto, donde había un pabellón pintado de amarillo pálido y varias mesas y sillas de hierro forjado, con sombrillas para protegerse del sol. Había rosales por todas partes, y le pareció tan bonito que pensó que Diana Halsay tenía buen gusto.

—¿Has venido a practicar en secreto?

Marin se sobresaltó al oír la voz de su anfitriona. Diana se encontraba a pocos metros de distancia, vestida con unos pantalones grises y una blusa de seda, a juego.

—No, sólo a probar el agua.

—Te levantas pronto; y según veo, fresca como una rosa... Le has dado una buena impresión a mi marido.

Dice que eres lo que los franceses llaman una *belle laide*, es decir, una mujer que no es exactamente una belleza, pero que resulta muy atractiva.

—Es muy halagador por su parte —dijo Marin—. No sabía que me iba a convertir en tema de conversación...

Diana la miró con desconfianza.

—Oh, vamos, cariño... Ni tú puedes ser tan ingenua. Sin embargo, quiero que entiendas una cosa: no sé a qué estáis jugando Jake y tú, pero no vais a engañar a nadie. Excepto al pobre Graham, claro está, que te ha tomado por una jovencita encantadora.

—No sé de qué estás hablando, Diana —se defendió—. Esto no es ningún juego.

—Espero que no —dijo con frialdad—. Porque si fuera un juego, puedes estar segura de que tú no lo ganarías.

En ese momento apareció Jake.

—¿Intentas eliminar a la competencia, Diana? —preguntó—. ¿No va contra las normas de tu competición?

Jake se acercó a Marin y le dio un beso dulce en los labios.

—Me he despertado y he visto que no estabas —continuó él—. Esto también va contra las normas, Marin...

—Veo que tenemos algo más en común, querida —intervino Diana—. Las dos tenemos la costumbre de romper las normas y adecuarlas a nuestro antojo... En fin, los criados van a servir el desayuno. Lo digo por si os interesa.

Diana se marchó y los dejó a solas.

Capítulo 6

TE ENCUENTRAS bien? –preguntó Jake.

Marin se apartó de él.

–Por supuesto. ¿Cómo has sabido dónde estaba?

–Te he visto desde el balcón de mi dormitorio. Después, he notado que Diana te seguía y he decidido bajar.

–Diana no se lo cree. Piensa que hemos organizado una farsa y que no mantenemos ninguna relación.

–¿Te lo ha dicho ella?

Diana asintió.

–Sí, más o menos.

–Bueno, entonces tendremos que ser más convincentes... ¿Qué te parece si nos sentamos un rato?

Marin dudó.

–¿No deberíamos ir a desayunar?

–Hay tiempo de sobra –contestó–. Además, tenemos que hablar y éste es un lugar tan neutral como otro cualquiera.

–¿Hablar? ¿De qué?

Marin siguió a Jake y se sentó a su lado.

Él se encogió de hombros.

–No sé, de todas las cosas que desconocemos el uno del otro. Ni siquiera sabía que tus padres tuvieran una casa en Portugal...

–Eso carece de importancia. Nos conocemos lo suficiente como para poder pasar veinticuatro horas más juntos sin que nadie desconfíe.

–¿Y después?

–Después, nos separaremos y seguiremos con nuestras vidas –dijo ella.

–No estoy de acuerdo contigo, Marin. Yo diría que éste es el principio de una relación provechosa para los dos.

Marin lo miró fijamente.

–¿Qué quieres decir?

–Bueno, para empezar, te estás alojando en mi casa... –le recordó con voz suave.

–Pero sólo es un acuerdo temporal que pienso romper tan pronto como me sea posible. Al final no he perdido mi trabajo, de modo que me buscaré un piso.

Jake la observó durante unos segundos.

–Dime una cosa, Marin... ¿también eres tan quisquillosa con tus clientes?

–No. Pero tú no eres cliente mío.

–¿Ah, no? Pues te estoy pagando una suma muy generosa por tus servicios. Si no soy un cliente, ¿se puede saber qué soy?

–El jefe de Lynne. Eso es todo.

–Si eso es cierto, ¿por qué tengo la impresión de que te gusto?

Marin apartó la mirada.

–No digas tonterías.

–No digo tonterías –insistió él–. ¿Ése es el problema? ¿Que te gusto y no te hago caso? Te dije que podías confiar en mí. Me limito a cumplir mi palabra.

Marin recordó el peso de su cuerpo sobre ella y la visión de su pecho desnudo. Jake tenía razón; le gustaba.

Pero pensaba que sólo se había portado de esa forma porque sabía que Diana estaba a punto de aparecer.

—Además, puede que me mantenga alejado de ti porque quiera demostrarte lo mismo que a Graham... que soy de fiar —continuó él—. Y si quiero demostrarte eso, puedes estar segura de que no es porque te considere una simple empleada.

—Graham Halsay te cae bien, ¿verdad?

—Sí. Y lo admiro. A pesar de que tiene mal gusto con las mujeres.

Ella soltó un grito ahogado.

—Mira quién fue a hablar —se burló.

—Puede que yo también haya cometido errores en materia de mujeres, Marin, pero te recuerdo que no me he casado con mis errores —afirmó.

—No te has casado porque el matrimonio no te interesa —puntualizó ella—. Y ahora, si no tienes más que decir, me vuelvo a la casa. Si tengo que participar en esa competición, será mejor que desayune algo.

—Yo me quedaré un rato. Tengo cosas que pensar —dijo él—. Siento no poder estar presente para animarte, pero Graham y yo debemos tratar asuntos importantes.

—Lo sé. Por eso estoy aquí, ¿verdad? Sólo por eso.

—No, no estás aquí por eso. Estás aquí por el dinero que te pago —dijo, dedicándole una sonrisa impersonal—. Nos veremos después.

—Sí, claro.

Marin se levantó y se alejó sin mirar atrás.

Hacía mucho calor, y Marin se alegró de poder estar a la sombra mientras esperaba que empezara su carrera.

Los hombres ya habían nadado y Chaz se había impuesto finalmente a Rob Bannister.

Cuando llegó el turno de las mujeres, Clare Dawson se excusó porque dijo que era tan mala nadadora como su marido. Diana venció a Fiona Stratton con facilidad y Marin tuvo pocos problemas con Sylvia Bannister, cuyo estilo no era suficientemente bueno.

Pero la verdadera batalla de la mañana estaba a punto de empezar. Y todo el mundo sabía que no tenía nada que ver con la natación.

Marin pensó que Diana era una nadadora excelente. Había elegido un bikini blanco, muy pequeño, que enseñaba casi todo lo enseñable de su imponente figura. En cambio, ella llevaba un bañador negro que no le habría servido para ganar ningún concurso de belleza; pero era más apropiado para nadar.

Robert y Chaz apostaron por la victoria de Diana, pero Fiana y Clare lo hicieron por Marin.

—Queremos que ganes, querida —le susurró Clare Dawson—. No nos decepciones.

Marin se metió en el agua y esperó a Diana, que fue recibida con los aplausos y vítores de los hombres.

En cuanto oyeron la señal, empezaron a nadar. Diana avanzaba con brazadas poderosas y Marin se mantenía con un ritmo fuerte y regular; sabía que la carrera se decidiría en el segundo largo, de modo que se dedicó a controlar a su contrincante hasta el momento preciso. Sólo entonces, aceleró. Diana no pudo alcanzarla y llegó tres segundos después.

—Mala suerte —le dijo.

Se apoyó en el borde de la piscina y salió del agua. Se había concentrado tanto en la carrera que no se dio cuenta de lo cansada que estaba hasta que notó el temblor de sus piernas. Por suerte para ella, Jake apareció en ese momento y la tomó entre sus brazos.

—No dejas de sorprenderme con tus habilidades, Marin.

Él se inclinó entonces y la besó con apasionamiento.

Marin se sorprendió aferrándose a sus hombros y devolviéndole el beso con deseo. Sus sentidos se estaban volviendo locos. No quería otra cosa que apretarse contra él y hacerle el amor. Pero unos segundos más tarde, cuando el mundo parecía haber desaparecido por completo, Jake alzó la cabeza y la agarró por la cintura para asegurarse de que se tenía en pie.

—Mi ángel... —dijo él.

Jake se inclinó de nuevo y la besó en la punta de la nariz.

En ese momento, Marin recordó que estaban en la piscina y no precisamente solos.

Jeff y Clare se miraron con humor; Graham sonrió con aprobación; Sylvia arqueó una ceja y Robert frunció el ceño; en cuanto a los Stratton, se habían quedado boquiabiertos.

Mientras Marin intentaba recobrar la compostura, vio que Diana caminaba hacia ella con una botella de champán y una sonrisa encantadora. Cuando llegó a su altura, le dio la botella.

—¡Champán para la ganadora! Aunque sospecho que recibirá otras recompensas más tarde —comentó con malicia.

—Diana, vas a molestar a la señorita... —dijo su marido.

—¿Por qué se iba a molestar? Marin es una mujer de

mundo y estoy segura de que es capaz de aguantar una broma. Ha resultado ser una verdadera revelación... ¿No es verdad, Jake? –preguntó.

–Por supuesto que lo es –respondió–. Desde que nos conocimos, no ha pasado un solo día sin que me deje sin aire.

La sonrisa no abandonó los labios de Diana, pero sus ojos brillaron con ira.

Marin se dio cuenta y pensó que la situación de aquella mujer no era precisamente envidiable. Si era verdad que se había enamorado de Jake y que él era el único hombre que la podía satisfacer, debía de estar viviendo en una pesadilla.

Una vez más, pensó que ella no sufriría el mismo destino; pero lo pensó sin convencimiento real, porque era consciente de lo mucho que lo deseaba. Había bastado un simple beso para que se aferrara a él con todas sus fuerzas.

Jake alcanzó en ese instante una toalla y se la cerró alrededor del cuerpo, como si fuera un pareo.

–Vamos, cariño. Será mejor que nos duchemos y nos cambiemos de ropa –observó–. Casi es la hora de comer.

Marin le dio la botella de champán, murmuró algo que ni ella misma pudo entender y lo siguió con piernas temblorosas hasta la casa.

–Te estoy dejando empapado –dijo entonces–. Te voy a estropear la ropa...

–Mi ropa sobrevivirá –bromeó él–. Y yo, también.

–Lo de la ducha lo has dicho con segundas intenciones, ¿verdad? Para que piensen que nos vamos a duchar juntos... ¿Eso es lo que querías decir cuando comentaste que tendríamos que ser más convincentes?

–Por supuesto –respondió–. Pero los dos sabemos que no es verdad, así que no te preocupes por nada.

–No me preocupo...

Marin lo dijo tan rápidamente y con tan poca energía que Jake supo que estaba mintiendo. Se detuvo, la miró y dijo:

–Por cierto, creo recordar que le ordené a Lynne que te comprara un bikini, no un bañador. ¿Qué pasó?

–Que decidí tomar una decisión por mi cuenta –respondió, orgullosa–. Disfrazarse para interpretar un papel es una cosa; desnudarse, otra.

–Procuraré recordarlo –dijo con humor.

Marin estaba tan nerviosa que decidió cambiar de conversación.

–¿Qué tal ha ido tu reunión con Graham?

–Bien, mucho mejor de lo que habría esperado hace un mes. Y debo añadir que te has ganado su afecto... sospecho que si Graham fuera tu padre, ya me habría preguntado sobre las intenciones que tengo contigo.

–Y tú le habrías dicho que tus intenciones son completamente deshonestas.

Jake rió.

–Y me habría marchado antes de que me pegara un tiro –dijo él, continuando con la broma–. Ah, lo olvidaba... esta tarde va a jugar al golf y me ha pedido que vaya con él. No me podía negar, pero le he dicho que lo consultaría antes contigo porque es posible que prefieras dar un paseo por los alrededores o acercarnos a alguna de las localidades de la zona.

–No, no. El golf está bien.

–Entonces, ¿vendrás conmigo?

Marin estaba acostumbrada a jugar al golf con su padrastro y pensó que podría ser divertido. Pero su sentido común se lo desaconsejó.

—Es mejor que vayas solo. Tampoco queremos dar la impresión de que no podemos estar separados ni un par de horas...

Jake se encogió de hombros.

—Como quieras. Pero te advierto que Diana ha organizado un partido de croquet después de comer y que querrá venganza por lo de la piscina.

—Entonces se llevará una decepción. Porque si se empeña en que participe y me da uno de esos palos que usan para jugar, se lo estamparé en la cabeza. Ya he tenido bastante con lo de esta mañana. Ha sido horrible.

—Pero has ganado. Y con todo merecimiento.

—Jake, sabes de sobra que no se trataba de una competición inocente. Diana ha trazado una línea en el suelo y está dispuesta a llevar su guerra conmigo hasta el final.

Jake suspiró.

—Ya sabías lo que iba a pasar; pero terminará pronto y podrás seguir con tu vida. Consuélate con eso –afirmó.

Cuando llegaron a la puerta del dormitorio de Marin, Jake quiso devolverle la botella de champán.

Marin sacudió la cabeza.

—No, quédatela tú, por favor.

—Es un champán excelente, Marin, uno de los mejores del mundo. Te lo has ganado. Es tuyo...

—Pero también es un champán muy caro, que yo no sabría apreciar. Merece una ocasión especial, una celebración verdaderamente importante... y una vida más parecida a la tuya que a la mía –declaró.

—Marin..

–Sólo estoy siendo realista, Jake –lo interrumpió.

Después, entró en su dormitorio y cerró la puerta con suavidad.

Marin probó su zumo de naranja y pensó que el tiempo transcurría terriblemente despacio cuando se contaban las horas.

Primero tendrían que pasar las horas que faltaban para la cena; después, para el momento de acostarse; más tarde, para el desayuno del día siguiente; y por último, para subirse al coche de Jake, volver a Londres y acabar con todo aquello.

Sólo entonces, podría volver a la normalidad. O al menos, eso esperaba.

Jake se marchó al club de golf después de comer, y ella se evitó el partido de croquet con la excusa de que quería salir a dar un paseo. Afortunadamente, nadie intentó convencerla de lo contrario.

Se dirigió al pueblo, pero casi todo estaba cerrado y optó por pedir un zumo de naranja en un pub y sentarse en el jardín, a la sombra. Después, sacó su diario y empezó a anotar las cosas que iba a necesitar para el trabajo de Essex que Wendy le había ofrecido.

Tenía que marcharse de Londres. No podía seguir en el piso de Jake. Debía poner tierra de por medio y olvidar lo sucedido.

Con un poco de suerte, encontraría a un hombre más adecuado para ella; un hombre fuerte, amable, fiable y cariñoso, no un mujeriego como él.

Sin embargo, últimamente no tenía mucha suerte. Había escapado de la sartén de Greg para caer al fuego de Jake. Y ni siquiera entendía su interés por ella. Como el propio Graham había comentado, era una mujer atractiva, pero no una belleza.

De nuevo, se preguntó por qué la habría elegido para que lo acompañara ese fin de semana; y de nuevo, se encontró cara a cara con la amarga verdad: que no estaba realmente interesado en ella; que se había limitado a ofrecerle un trabajo muy bien pagado.

Eso era lo peor de todo.

Unas horas antes, mientras se duchaba para bajar a comer, Marin imaginó que no estaba sola en la ducha, que unas manos le acariciaban el cuello y le enjabonaban el cuerpo, frotándole los pechos, el estómago y los muslos con suavidad.

Naturalmente, eran las manos de Jake. Las del hombre que deseaba. Las del hombre que no podía tener.

Alcanzó el zumo de naranja, muy alterada, y echó un trago largo para aliviar la sequedad repentina de su boca y apagar el fuego que ardía en su interior. Aquello le parecía ridículo; de todos los hombres del mundo, se había tenido que encaprichar precisamente de Jake Radley-Smith.

Pero al menos, él no lo sabía. Había conseguido disimular sus sentimientos y estaba segura de que ni siquiera lo sospechaba.

Al cabo de un rato, se levantó, pagó la cuenta y volvió a la mansión. Graham y Jake ya habrían regresado; y por las risas y gritos que se oían en la pradera, supuso que los demás todavía estaban jugando al croquet.

Entró en la casa deprisa, para que nadie reparara en su presencia, y entró en su dormitorio. A continuación, llenó la bañera, añadió las sales que también había comprado por insistencia de Lynne, y se metió en el agua. Las sales tenían una fragancia suave y almizclada, con un fondo leve a jazmín, que le pareció muy sexy.

Minutos más tarde, cuando salió de la bañera y se empezó a vestir para la cena, el aroma seguía en su piel. Marin se sintió algo incómoda con ello, y su incomodidad aumentó cuando se cerró la cremallera del vestido verde, de tafetán, que iba a llevar. Al igual que el de la noche anterior, era muy escotado y aumentaba el volumen de sus senos.

Se miró en el espejo y rió al pensar que era la primera vez en su vida que tenía un escote como ése. Después consideró la posibilidad de recogerse el cabello con algún peinado alto, pero ya se sentía medio desnuda y decidió dejárselo suelto. Por último, alcanzó el maquillaje, se pintó los labios y se puso rímel en las pestañas.

Ya se disponía a llamar al dormitorio Jake, para decirle que estaba preparada, cuando la puerta se abrió.

Jake la miró durante varios segundos antes de hablar.

—Recuérdame que le suba el sueldo a Lynne y que le ofrezca una paga extraordinaria —dijo con humor.

—Créeme, mi hermanastra se ha ganado lo que le pagas —comentó ella—. Cuando salimos de compras, me resistí con todas mis fuerzas.

—Ya me lo imagino —declaró él, sin dejar de observarla—. Estás casi tan atractiva como el día en que te conocí, cuando llevabas esa toalla de baño.

Marin se ruborizó.

—Preferiría olvidar ese asunto.

—En eso no estamos de acuerdo. Tú quieres olvidarlo y yo lo tengo por uno de mis recuerdos más hermosos.

–Oh, vamos... Dentro de unos días, ni siquiera te acordarás de mi nombre. Lo sabes perfectamente.

Jake se encogió de hombros.

–Puede que tengas razón, pero me ha parecido un comentario caballeroso.

–No sabía que la caballerosidad se encontrara entre tus habilidades...

Él sonrió.

–Puedo ser un perfecto caballero si la ocasión lo exige. Pero dejemos eso para otro momento y bajemos... ¿Preparada para enfrentarte otra vez a los leones?

Marin pensó que había cosas peores que enfrentarse a Diana y sus invitados.

–Preparada –respondió en voz alta.

Acto seguido, salieron al corredor y bajaron al salón.

Capítulo 7

MARIN pensó que si no era la peor velada de su vida, se le parecía bastante.

Diana había invitado a todos los personajes importantes de la localidad, alcalde incluido, e incluso había organizado una especie de discoteca en uno de los salones de la casa, para que pudieran bailar después de la cena.

Cuando entraron en el comedor, se encontró sentada entre Chaz Stratton, quien le confirmó que Diana había ganado el partido de croquet, y un diputado del Parlamento que disfrutaba escuchándose a sí mismo.

De vez en cuando, lanzaba una mirada subrepticia a Jake, que mantenía una conversación muy animada con una atractiva morena. Cada vez que lo veía, pensaba que lo suyo era imposible. No quería convertirse en una Adela Mason, tan insegura sobre su esposo que cualquier mujer le parecía una rival en potencia; y tampoco quería el destino de Celia Forrest, que había decidido alejarse de Jake tras comprobar que no tenía ninguna posibilidad con él.

Cuando llegó el momento de tomar el postre, Marin estaba tan deprimida que su apetito había desaparecido.

Un segundo después, notó que Jake la estaba mirando. Pero en lugar de animarla, su atención la deprimió todavía más; bajó la cabeza y clavó la vista en el plato porque tenía miedo de no poder devolver su mirada con el refinamiento necesario.

El final de la cena fue todo un alivio para ella. Tenía intención de perderse entre la multitud y retirarse a su habitación a la primera de cambio; pero Diana también había invitado a muchos jóvenes de la zona, que empezaron a llegar en ese momento y la arrastraron irremediablemente a la discoteca.

Al cabo de un rato, el pinchadiscos cambió la música alegre de los primeros momentos de la fiesta y puso una canción lenta.

Jake apareció de repente, como salido de la nada, y dijo:

—Creo que éste es nuestro baile.

Marin dio un paso atrás. No podía permitir que la abrazara como si la encontrara verdaderamente deseable; no quería sentir el contacto de su cuerpo ni el roce de sus labios en el pelo; no soportaba la idea de estar pegada a él sin poder tenerlo.

—Lo siento, Jake, pero me temo que tendrás que disculparme. Estoy tan cansada que soy capaz de quedarme dormida de pie... será mejor que me acueste.

Jake la miró con desconcierto, pero asintió.

—Por supuesto, cariño. Lo comprendo perfectamente. Intentaré no despertarte cuando suba a la habitación.

—Gracias...

Marin echó un vistazo a su alrededor, se despidió de todo el mundo y se marchó con tanta naturalidad como le fue posible, para que nadie sospechara.

En cuanto entró en su habitación, cerró la puerta y se apoyó en la pared. Estaba al borde de las lágrimas.

–Tranquilízate –se dijo en voz alta–. Si estás así después de pasar veinticuatro horas con él, ¿cómo estarías después de una semana? Esto es absurdo... tienes que controlarte. Te estás jugando tu supervivencia emocional.

Se acercó al espejo, se miró y decidió despedirse definitivamente de aquel vestido que le hacía parecer una mujer distinta; una mujer bella y sexy.

Pero cuando llevó la mano a la cremallera, descubrió para su horror que no la podía bajar.

Desesperada, decidió dar la vuelta al vestido para tener la cremallera por delante y alcanzarla mejor. Sin embargo, el corpiño era tan ajustado que se le pegaba como una segunda piel y se lo impidió.

–Oh, maldita sea...

Echó el aire, metió el estómago y lo intentó de nuevo. Sin éxito.

Estuvo a punto de perder la paciencia y empezar a gritar, pero se contuvo. Sabía que no podría quitárselo sin la ayuda de alguien, y la única persona a la que podía acudir era Jake Radley-Smith, que seguía en la fiesta.

Media hora más tarde, tras un sinfín de intentos fracasados, se tumbó en la cama, se alisó el vestido para que no se arrugara en exceso, apagó la luz de la lamparita de noche y cerró los ojos con fuerza.

Casi se había dormido cuando oyó pasos en el dormitorio de Jake.

Se sentó en la cama y miró la puerta que comunicaba las dos habitaciones. Jake llamó en ese momento.

–Adelante...

Al verlo, supo que volvía del cuarto de baño porque llevaba un albornoz y tenía el pelo mojado, como si se acabara de duchar.

–¿Por qué no estás dormida? –preguntó–. Dijiste que estabas muy cansada...

Marin alzó la barbilla y respondió:

–Porque no puedo quitarme el vestido. La cremallera se ha atascado.

Jake se encogió de hombros.

–Pues llama a la señora Martin y que te traiga unas tijeras para cortar la tela...

–¿Que la llame? ¿A estas horas de la noche? –dijo ella–. ¿No te parece que resultaría sospechoso? Se supone que tú y yo somos novios, en cuyo caso sería bastante extraño que acudiera a otra persona porque no me puedo bajar la cremallera. Pero bueno, si no te importa que Diana adivine lo que pasa... Además, no sería capaz de cortar un vestido tan bonito como éste. ¿Sabes cuánto ha costado?

–No. El precio de las cosas no me preocupa mucho.

–Pues a mí, sí –declaró–. Y ahora, ¿tendrías la amabilidad de bajarme la cremallera? Si no me lo quito pronto, se arrugará.

–Hay un pequeño problema, Marin. No puedo bajarte la cremallera del vestido sin tocarte a ti –le recordó.

–Eso no importa.

–¿Ahora no te importa? Qué curioso... antes, cuando te pedí que bailaras conmigo, me pareció que te importaba mucho. ¿O crees que no me había dado cuenta?

A Marin se le hizo un nudo en la garganta.

–Vamos, Jake... Me he marchado porque te lo estabas pasando muy bien con la morena de la cena. Sólo pretendía ser elegante –mintió.

Jake arqueó las cejas.

–¿Te refieres a la encantadora Vanessa? ¿A esa divorciada atractiva y absolutamente disponible que llegó en taxi y que, sin embargo, estaba empeñada en que la llevara a su casa en mi coche? –preguntó con ironía.

Marin no dijo nada. Él suspiró con impaciencia y añadió:

–Por todos los diablos, Marin... Lo de Vanessa es cosa de Diana. ¿Cómo puedes ser tan inocente? Nuestra querida anfitriona la ha sentado a mi lado para molestarte. Y no te hagas la ofendida ahora, porque te he estado mirando durante toda la cena y tú te has dedicado a apartar la vista y evitarme.

–Dudo que hayas sufrido mucho –se defendió–. Es una mujer muy bella.

–Sí, lo es, no hay duda. Pero no me gusta, y además se había empapado con una colonia que detesto y cuyo olor se ha quedado en mí... por eso me he duchado antes de acostarme. Lo digo por si tenías curiosidad.

–No, no la tenía –afirmó–. Sin embargo, lo que dices de Diana es completamente absurdo. ¿Por qué querría que te acuestes con otra mujer? No llegaría tan lejos para molestarme. Quiere que seas suyo, no de otra.

Jake se encogió de hombros otra vez.

–Supongo que lo ha hecho para demostrar a Graham que no he sentado la cabeza, que sigo siendo un mujeriego y que, en consecuencia, puedo ser una amenaza para él –explicó–. Y a decir verdad, la jugada le ha salido perfecta... te has marchado tan pronto que todo el mundo ha pensado que te has enfadado conmigo.

–No quería dar esa impresión... Puede que no lo entiendas, Jake, pero me he marchado porque no podía más.

Él apretó los labios.

–Te entiendo mejor de lo que imaginas –declaró–. Pero ahora, gírate, contén la respiración y quédate quieta. Veamos si puedo hacer algo con esa cremallera.

Marin obedeció, aunque con dificultad. Contener la respiración y quedarse quieta mientras sentía su aliento en la nuca y sus manos en la espalda, resultó una verdadera tortura.

–Parece que se ha atascado con el borde de la tela –anunció Jake–. Tal vez deberíamos rendirnos y llamar a la señora Martin para que traiga esas tijeras...

–No, por favor. Inténtalo otra vez.

–Como quieras.

Jake lo intentó nuevamente. Marin sabía que en el contacto de sus manos no había ninguna intención sexual, pero se excitó tanto que cerró los puños con fuerza y se clavó las uñas en la palma de las manos para no perder la compostura.

–Veamos... Sí, parece que cede...

Él se detuvo un momento y añadió:

–¿Puedes contener la respiración un poco más?

Marin asintió.

–Por supuesto.

–Intentaré ser rápido.

Jake tensó la tela del vestido y tiró una y otra vez hasta que la cremallera cedió por fin y se bajó del todo. Ella se agarró rápidamente la parte delantera para impedir que el vestido se abriera y la dejara medio desnuda.

Ya había conseguido su objetivo. Ahora, sólo tenía que alejarse de él, darle las gracias y pedirle que se marchara.

Pero ninguno de los dos se alejó.

Jake puso las manos en los hombros de Marin y le empezó a acariciar la espalda, suavemente. Marin pensó que debía rechazar sus caricias; sin embargo, lo deseaba con toda su alma y sabía que aquella noche iba a ser su última oportunidad. Si lo rechazaba, no tendría otra.

Además, no había nada malo en acostarse con él. Sólo quería una noche, nada más que una noche. No era mucho pedir.

Jake le acarició el cabello y la besó en la nunca.

Fue un beso dulce, apenas perceptible, como el roce de un ala de mariposa. Pero ella se estremeció por dentro con un deseo incontenible.

Marin se arqueó hacia atrás, ofreciéndose á él. Justo entonces, Jake apartó las manos de su cuerpo y retrocedió.

Ella se quedó inmóvil durante unos segundos, aferrando el vestido con las dos manos. Después, su deseo y su necesidad se impusieron al resto de las consideraciones y ganaron la partida.

Soltó el vestido y dejó que cayera al suelo.

A continuación, se giró lentamente hacia él. No llevaba nada salvo unas braguitas minúsculas, de encaje.

Jake la miró con intensidad, devorándola con sus ojos azules. Pero al cabo de unos momentos, sacudió la cabeza y dijo:

—No.

Marin se abalanzó sobre él y se apretó contra su albornoz. La tela le rozó los pezones, que se le pusieron duros al instante y enviaron una descarga eléctrica hasta lo más profundo de su ser, hasta el centro de su deseo.

Cerró los brazos alrededor de su cuello y lo besó en la boca.

Jake dudó al principio, pero se dejó llevar enseguida. Llevó las manos a su cintura y la agarró con fuerza; luego, se inclinó lo necesario para besarle el cuello y empezar a descender poco a poco.

El corazón de Marin se aceleró. Él cerró una mano sobre uno de sus senos y jugueteó con el pezón antes de introducírselo en la boca y succionarlo; al mismo tiempo, bajó la mano libre hasta su vientre, acariciándola con suavidad, descubriendo cada una de sus curvas, ángulos y hendiduras, y apartó la única barrera, de encaje, que aún quedaba entre ellos.

Marin contuvo la respiración y cerró los ojos. Jake le acarició los muslos un momento, se introdujo entre sus piernas y la empezó a acariciar.

Ella soltó un grito ahogado, hecho a partes iguales de deseo y de protesta. Era la primera vez en su vida que un hombre la tocaba de ese modo, pero su cuerpo reaccionó instintivamente en respuesta a la presión de sus caricias y se sintió dominada por un deseo que le resultaba tan desconocido como abrumador.

De repente, sus piernas se quedaron sin fuerzas.

Se aferró a la solapa del albornoz de Jake e intentó mantener el equilibrio, asombrada con las sensaciones que invadían todo su ser.

Jake pronunció su nombre en voz baja. Después, la tomó en brazos y la llevó a su dormitorio. A su cama.

Marin sintió el roce de las sábanas contra la piel de la espalda. Entonces, él se contuvo un instante para quitarse el albornoz y ella extendió un brazo para apagar la lámpara de la mesita de noche; no era tan tímida como para no haber imaginado a Jake desnudo, pero todavía lo era para contemplar su desnudez en el mundo real.

Sin embargo, Jake fue más rápido. Se tumbó a su lado, la agarró de la muñeca y atrajo a Marin hacia sí, apretándola contra su pecho.

–Cariño, necesito verte –susurró él–. Necesito mirarte a los ojos. Y necesito que tú también me mires a mí.

Tras pronunciar esas palabras, la volvió a besar.

Marin podía sentir la presión de su erección contra los muslos. Se sentía casi mareada; el aroma de Jake la rodeaba por completo y el contacto de sus fuertes hombros, a los que se había aferrado, aumentaba su excitación.

Él abandonó temporalmente sus labios para descender hasta sus senos, que succionó una y otra vez. Marin sintió una sucesión de descargas tan intensas que cerró el puño y se lo mordió para ahogar los gemidos de placer que revelaban la fuerza de su deseo.

La boca de Jake bajó entonces por ella, pasando por encima de su estómago, hasta llegar a su pubis. Entre tanto, sus manos trazaron el contorno de la figura de Marin y se cerraron finalmente sobre su trasero, que alzó a continuación para acceder mejor a su entrepierna.

En ese momento, ella comprendió sus intenciones y se estremeció. Una voz interior le decía que aquello no podía ser real, que no estaba pasando, que no era posible que Jake quisiera hacerle algo así.

Si quería detenerlo, tendría que actuar de inmediato.

Si quería. Porque si no, sería demasiado tarde.

Jake le lamió la cara interior de los muslos y los separó un poco más. Marin supo que no tenía fuerzas para resistirse y se dejó hacer.

Al sentir el contacto de su lengua, tuvo la impresión de que el mundo desaparecía a su alrededor. Ahora sólo era consciente de la maestría devastadora de Jake, que jugueteaba con su sexo y la arrastraba a una realidad de sensaciones totales.

Al poco tiempo, cuando pensaba que ya no podía soportarlo más, se dio cuenta de que sus caricias habían cambiado. Ahora frotaba todos los lugares secretos y ardientes de su feminidad, entrando en sus profundidades y logrando que se retorciera con un placer que bordeaba lo angustioso.

A continuación, regresó a su clítoris y se lo lamió con una intensidad que ella nunca habría creído posible y que, en cualquier caso, nunca se habría creído capaz de experimentar.

Sólo transcurrieron unos segundos cuando se sintió al borde del clímax, apretó la cabeza contra la almohada y gritó.

Su cuerpo se arqueó bajo la boca insaciable de Jake, atravesado por convulsiones de placer. Marin se oyó gritar nuevamente, aunque esta vez fue un grito seco, potente, roto.

La violencia de los espasmos aumentó hasta que llegó al cénit. Luego, el orgasmo se fue convirtiendo en un simple eco.

Capítulo 8

PERMANECIÓ inmóvil, completamente agotada, intentando comprender lo que acababa de vivir. Y sin poder comprenderlo.

Era la primera vez que alcanzaba un orgasmo en compañía; pero por muy importante que fuera ese detalle para ella, no explicaba su increíble intensidad ni la maestría con la que Jake se lo había regalado.

Notó que él se movía a su lado y lo miró con incredulidad. En los ojos de Jake había una duda, como si quisiera saber si se encontraba bien, y ella se la borró por el procedimiento de acariciarle el cabello y la mejilla.

Jake tomó su mano y la besó. Después, le mordió suavemente la base del pulgar y ella sintió un estremecimiento.

–Tócame –susurró él.

Marin obedeció. Al principio, con timidez; pero después, a medida que descubría la fuerza maravillosa de su estructura ósea y sus músculos, olvidó todos sus temores y se dejó llevar por la necesidad de conocerlo entero, de disfrutar de las texturas, los planos, los ángulos y las curvas de su cuerpo.

Jake suspiró y ella se atrevió a llevar las manos a su sexo y cerrarlas a su alrededor con suavidad, consciente de que empezaba a excitarse de nuevo. El recuerdo del orgasmo seguía en su interior y la empujó a inclinar la cabeza y acariciarlo con los labios.

—Cariño mío... —murmuró Jake.

Entonces la apartó, se situó encima de ella y la penetró con una dulzura inmensa.

Marin sintió un conato de dolor y gimió; el dolor pasó enseguida, pero Jake se detuvo, tenso, como si tuviera miedo de hacerle más daño.

Ella lo abrazó con fuerza y se arqueó contra él, ofreciéndose. Después, lo miró a los ojos, sonrió y susurró su nombre. Quería hacerle saber que estaba más que preparada y más que dispuesta a entregarse.

Jake le devolvió la sonrisa, la besó en la boca y se empezó a mover. Marin siguió su ritmo de inmediato, de un modo tan natural como si estuviera completamente acostumbrada a ello; eso le sorprendió tanto como el comportamiento de su amante, que no era el que esperaba. Sabía muy poco de la vida sexual de los hombres, pero siempre había imaginado que, en esas circunstancias, no buscaban otra cosa que su propia satisfacción.

—¿Qué ocurre? —preguntó él, notando sus dudas.

La voz de Marin sonó rota.

—No lo entiendo. ¿Es que no quieres... ?

—Claro que quiero. Pero te estoy esperando a ti.

—¿A mí? —repitió, asombrada—. Pero yo no puedo... no es posible que pueda...

—Por supuesto que puedes —afirmó.

Jake cambió ligeramente de posición y adoptó un ritmo igualmente lento y suave, pero más intenso que antes.

La besó en la boca, lamió sus pezones y la penetró hasta el fondo. Luego, salió un poco de ella y la volvió a penetrar otra vez.

Marin ya no pensaba en nada. En su mundo no había nada salvo las sensaciones que Jake causaba en su cuerpo.

—Oh, Dios...

Las primeras olas del orgasmo la asaltaron de repente y la inundaron en un *crescendo* inexorable. Jake lo notó y se dejó llevar por fin, rindiéndose a su propio placer.

Los minutos posteriores fueron de una paz profunda, absoluta.

Marin estaba abrazada a él, con la cabeza de Jake entre sus senos. Era tan feliz que sus ojos se llenaron de lágrimas; cuando Jake se dio cuenta, se las secó con el borde de la sábana y murmuró palabras de ánimo.

—No estoy triste —acertó a decir—. En serio... no lo estoy.

Jake le besó los párpados.

—Me alegra saberlo...

Marin intentó contener un bostezo, pero se le escapó.

—Oh, lo siento, lo siento mucho... —dijo, terriblemente mortificada.

Él rió.

—No lo sientas. Creo que a los dos nos vendría bien una cabezadita.

A Marin le sorprendió que quisiera dormir después de lo que habían hecho; sobre todo, porque para ella había sido la primera vez con un hombre.

Pero no esperaba que su cuerpo fuera tan cálido y

tan agradable al contacto; no esperaba que su respiración y los latidos de su corazón resultaran tan relajantes. Y tras un suspiro breve, se quedó dormida.

Una luz pálida y gris comenzaba a iluminar la habitación cuando Marin abrió los ojos.

Se quedó quieta durante un momento, ligeramente desorientada, sin sentir otra cosa que la lasitud deliciosa que empapaba todo su ser.

Se preguntó qué habría interrumpido su sueño. Entonces, se giró lentamente y vio que Jake la estaba observando, apoyado en un codo.

—Hola. ¿Te acuerdas de mí?

Marin se estiró lánguida y deliberadamente, permitiendo que la sábana cayera y mostrara su desnudez, mientras contemplaba los ojos azules de su amante.

—No estoy segura. Tal vez deberías refrescarme la memoria.

—Será un placer.

Jake llevó una mano a sus senos y le retorció suavemente un pezón.

—¿Ya te acuerdas de mí?

—Sí, creo que empiezo a recordar...

—¿Que empiezas a recordar? Veo que tendré que ser más contundente.

Él introdujo una mano entre sus piernas y la empezó a acariciar.

—No, todavía no me acuerdo... deberías ser más específico...

Jake rió, le levantó las piernas y la penetró sin más.

Marin se quedó asombrada al notar que sus sentidos

estaban completamente preparados para recibirlo. Casi sintió vergüenza al sentirse tan húmeda, tan dispuesta, tan excitada, mientras las potentes acometidas de Jake la acercaban poco a poco al clímax.

La hizo esperar todo lo que pudo. La llevó al borde del orgasmo y la dejó ahí durante una eternidad. Y cuando ella cruzó la frontera y gritó de placer, él hizo lo mismo.

Marin se quedó dormida otra vez. Despertó cuando el sol ya había salido y lo primero que hizo fue mirar el cuerpo desnudo de Jake y darse un festín visual con su belleza. Hasta entonces no había tenido ocasión de admirarlo.

No se dio cuenta de que estaba despierto hasta que él dijo:

—Buenos días.

Marin se sobresaltó.

—Buenos días —respondió—. Veo que estás moreno por todas partes...

—¿Ah, es que te lo habías preguntado? —dijo él con humor.

—No, no, claro que no...

Él sonrió un poco más.

—Mentirosa... Pero es evidente que tú has estado tomando el sol con un bikini, porque esta parte de aquí está más pálida...

Jake se inclinó y le lamió los senos.

—Y ésta, también lo está —añadió, acariciándole el pubis.

Marin se estremeció y él la besó con toda su pasión.

Hicieron el amor otra vez y se volvieron a quedar dormidos. El sol ya estaba alto cuando Marin se despertó.

Se sentía algo dolorida y tenía hambre, de modo que se levantó con sumo cuidado, para no molestar a Jake, y alcanzó unas braguitas, una falda de lino blanco y un top negro antes de dirigirse al servicio.

Una vez allí, llenó la bañera y se introdujo en el agua, completamente satisfecha.

Pensó que acababa de perder la virginidad. Y también pensó que esa descripción no hacía justicia, en modo alguno, a lo que había experimentado.

—No he perdido nada. Nada de nada —se dijo—. He ganado... Ahora soy muchísimo más libre que antes.

Siempre había creído que se sentiría avergonzada o que se arrepentiría después de haberlo hecho por primera vez, pero se equivocó. La experiencia había sido maravillosa. Jake había estado maravilloso. No había nada malo en todo aquello.

Media hora después, ya vestida, volvió al dormitorio de su amante y se asomó para ver si se había despertado; pero seguía dormido, de manera que salió al corredor exterior y se dirigió a las escaleras.

Al oír voces procedentes del comedor, se dijo que la comida podía esperar. No le apetecía ver a nadie.

Entró en el salón, lo cruzó y salió al porche. Después, se apoyó en la balaustrada y contempló los jardines, que le parecieron más bellos que nunca. Le apetecía salir corriendo y empezar a bailar por las praderas.

Pero justo entonces, apareció Diana.

—Vaya, vaya, vaya... esta mañana pareces especialmente contenta —declaró—. ¿Es que Jake se ha apiadado finalmente de ti? Sí, desde luego que sí. Ya no eres la *belle laide* que decía mi marido; estás tan bella como si te hubieran dado un buen revolcón.

–No sé lo que quieres decir –dijo Marin, humillada.

–Bueno, supongo que era inevitable... Las cosas debían terminar así aunque no fuera la intención original de Jake.

–Sigo sin entenderte, Diana.

–¿Ah, no? A mí no me habéis engañado, Marin. A diferencia de mi esposo, que es un hombre crédulo, yo sabía que Jake no estaba enamorado de ti y que tú no eras su novia. Pero en fin... imagino que notaste mi desconfianza, que se lo dijiste a él y que mi buen amigo decidió tomar medidas para que la farsa resultara más creíble.

Marin se mantuvo en silencio.

–Además, no se puede decir que tú no lo estuvieras deseando... –continuó–. Todo el mundo se ha dado cuenta de que lo seguías como una perra, con la lengua fuera; o citando las palabras de Sylvia, como un niño delante de una pastelería. Y Jake, que es un perfecto caballero, ha decidido matar dos pájaros de un tiro.

Marin estalló.

–¿Cómo te atreves a hablarme de ese modo? Me niego a seguir escuchando tus humillaciones –declaró.

–Oh, me decepcionas, querida. Con todo lo que tenemos en común... Jake es un gran amante, ¿no te parece? Conoce exactamente las teclas que debe tocar –comentó con una sonrisa–. Estoy convencida de que te habrá recompensado de forma generosa por ser una niña tan buena.

Diana soltó una carcajada antes de seguir hablando.

–Sin embargo, doy por sentado que Jake no estaba

en uno de sus mejores días. De haberlo estado, hoy ni siquiera podrías caminar.

—Eres una bruja, Diana. Una bruja cruel e increíblemente grosera.

—Y tú, Marin, eres tonta —contraatacó Diana, encogiéndose de hombros—. Seguirá contigo un mes o algo así, hasta que se canse de la novedad. Pero te advierto que Jake se cansa muy fácilmente... sobre todo cuando se acuesta con mujeres de capacidades amorosas tan limitadas como las tuyas.

La voz de Marin sonó fría como un témpano.

—Gracias por tus consejos, Diana. Y adiós.

Marin entró en la casa por el comedor y se dirigió al cuarto de baño de la planta baja. Una vez dentro, echó el cerrojo, abrió el agua fría del lavabo y se refrescó las muñecas mientras intentaba tranquilizarse.

Cuando se miró en el espejo, vio los mismos signos que Diana había notado unos minutos antes, los signos de una noche de amor: unos ojos brillantes que contrastaban con las ojeras por la falta de sueño; unos labios hinchados, más grandes que de costumbre, y un destello de energía en la piel.

Se sentía completamente mortificada. Los invitados de Diana habían estado hablando a sus espaldas; se habían dado cuenta de lo que sentía por Jake y hasta supuso que se habrían reído un buen rato a su costa.

Se lavó la cara con fuerza, como queriendo borrar las huellas de la noche anterior, como queriendo borrar lo que ahora le parecía debilidad y estupidez. Desgraciadamente, no tenía más remedio que seguir con la farsa y enfrentarse a ellos y al hombre que la había llevado a aquella mansión. Además, Jake era el único que podía sacarla de allí y devolverla a su mundo.

El comedor estaba vacío. Marin entró, se sirvió una taza de café y se la bebió a tragos grandes y dolorosos, intentando eliminar el frío que la dominaba.

Oyó pasos a su espalda, pero no se dio la vuelta. Los reconoció al instante y su cuerpo se puso tenso. Jake llevó los brazos a su cintura, por detrás, y la besó en la nuca.

—¿Dónde te habías metido?

Marin hizo un esfuerzo y consiguió contestar.

—He salido a dar un paseo. No podía dormir.

—Deberías haberme despertado —afirmó, sonriendo contra su piel—. Conozco una cura perfecta para el insomnio.

—De todas formas, ya era tarde...

—¿Y qué importa eso? —preguntó él con dulzura—. No hay ninguna prisa. Tenemos todo el tiempo del mundo.

Las palabras de Jake la atravesaron como un cuchillo.

—¿Cuándo nos podemos marchar?

Él tardó unos momentos en responder.

—Bueno, deberíamos quedarnos a comer... pero si quieres, supongo que nos podríamos marchar antes.

—Sí, quiero —dijo con nerviosismo—. Ya estoy harta de este sitio.

—En eso estamos de acuerdo.

Jake se puso a su lado y se sirvió una taza de café.

—Sube al dormitorio y haz la maleta —continuó—. Tengo que hablar con Graham, pero nos marcharemos en cuanto hayamos terminado.

Marin subió al dormitorio y guardó todas sus cosas en la bolsa de viaje.

Quince minutos después, mientras contemplaba los jardines desde el balcón, Jake apareció en el dormitorio.

–¿No has hecho mi equipaje? –preguntó.

Ella se puso a la defensiva.

–No sabía que quisieras...

Marin mintió. No había hecho su equipaje porque no soportaba la idea de tocar su ropa y de actuar como si fueran una pareja de verdad.

Jake se encogió de hombros y la miró con desconcierto.

–Habríamos tardado menos –dijo–, pero da igual, no importa.

Ella apartó la mirada.

–Ya me he despedido de nuestros anfitriones. Diana y el resto de las mujeres se han marchado a jugar al tenis, y Graham y los chicos van a disfrutar de una partida de póquer –anunció, sonriendo–. En cuanto guarde mis cosas, volveremos a ser libres...

Marin sintió una punzada en el corazón. Pero su voz sonó firme:

–Sí. Volveremos a serlo.

Capítulo 9

YA ESTABAN a varios kilómetros de distancia de Queens Barton. Esa parte del fin de semana había concluido; pero ahora, Marin debía afrontar las consecuencias.

A pesar de sí misma, se descubrió admirando las manos de Jake mientras él conducía con habilidad y sin esfuerzo aparente, exactamente igual que la noche anterior, tratando el volante con tanta precisión como había dedicado a su cuerpo.

Marin todavía lo deseaba; quizás, más que nunca. Por desgracia, las palabras de Diana habían dejado huella y la habían convencido de que Jake le había hecho el amor por simple agradecimiento, como premio a los servicios prestados.

De repente, se acordó de las palabras que Greg había pronunciado cuando Adela Mason los descubrió juntos. Había dicho que no valía nada, que era una mujerzuela despreciable y que ningún hombre en su sano juicio se acostaría con ella.

Aún estaba dando vueltas al asunto cuando la voz de Jake la sobresaltó y la devolvió a la realidad.

—Bueno, por fin hemos terminado. ¿Te importa que demos un pequeño rodeo?

Marin tragó saliva.

—¿Un rodeo?

—Sí, conozco un lugar donde podríamos comer —respondió con alegría—. No está lejos y creo que te gustará.

—Gracias, pero preferiría ir directamente a Londres. Si no te molesta, por supuesto.

Marin no quería seguir con Jake más tiempo del necesario. Y estaba decidida a no volver a verlo jamás.

—Como quieras... ¿Te parece bien que te lleve a tu piso para que puedas dejar tus cosas? Pasaré a buscarte dentro de una hora.

—¿Por qué? —preguntó ella.

—¿Que por qué? Porque vivo en Chelsea, cariño... está muy lejos del piso, y sería absurdo que tuvieras que ir a buscarme en Metro o autobús.

—Ya sé dónde vives. Pero, ¿qué tiene eso que ver conmigo?

Jake tardó unos segundos en responder.

—Pensaba que tenía mucho que ver —contestó.

Él redujo la velocidad y detuvo el coche en el arcén de la carretera. A continuación, se giró hacia ella y la miró con el ceño fruncido.

—Verás... yo creía... bueno, esperaba que te mudaras a vivir conmigo —continuó—. Ten en cuenta que yo no puedo quedarme en el piso; si Lynne nos encontrara juntos en la bañera, o si se topara conmigo en la ducha por las mañanas, le daría un infarto.

Marin sintió un dolor terriblemente intenso.

—¿Crees que me iré a vivir contigo sólo por lo que ha pasado esta noche? —preguntó, sacudiendo la cabeza—. Lo nuestro ha terminado. Pienso volver a mi vida anterior; no quiero compartir la de nadie, ni siquiera de forma temporal. Por si no lo sabías, siempre he sido una mujer independiente.

Jake la miró con incredulidad.

—¿De qué diablos estás hablando?

—Intento decir que nuestros caminos se separarán en Londres. Teníamos un acuerdo y lo he respetado. Eso es todo.

Él permaneció en silencio durante un momento.

—Cariño, no estarás hablando en serio...

Jake se quitó el cinturón de seguridad e intentó tocarla.

Ella se apartó.

—¡No me toques!

—Por Dios, Marin... ¿crees que quiero seducirte en el coche, como si fuera un adolescente? Sólo quería abrazarte y averiguar lo que te ocurre.

—¿Es que no he sido suficientemente clara? Me contrataste para un trabajo y lo he terminado. Sólo falta que me pagues el dinero que me prometiste. A menos, claro está, que lo de anoche te parezca una especie de pago... ¿Es eso? ¿Piensas que te voy a perdonar las dos mil libras esterlinas porque me ofreciste una noche de amor?

Jake entrecerró los ojos.

—No, por supuesto que no. ¿A qué viene esa tontería? No te entiendo, Marin. Esta mañana estabas encantadora conmigo, y ahora...

—Esta mañana fue esta mañana y ahora es ahora —lo interrumpió—. Y por cierto, no necesito que me recuerdes lo que ha pasado.

—¿Quieres que me comporte como si no hubiéramos hecho el amor? —preguntó él, sin entender nada.

—Sólo quiero que lo consideres un error lamentable, por así decirlo. No estoy acostumbrada a beber. Supongo que el alcohol de anoche se me subió a la cabeza.

–Oh, no, no voy a permitir que culpes al alcohol. Es posible que acostarnos no fuera la decisión más inteligente... pero anoche estábamos completamente sobrios –le recordó–. Dime la verdad. ¿Qué ha pasado? ¿Cuál es el problema?

–No hay ningún problema –contestó sin mirarlo–. Simplemente no quiero repetir el error. Además, mantener una relación contigo sería un error monumental.

–Pero yo...

–¿Creías acaso que caería rendida a tus pies? ¿Que después de lo de anoche me pondría de rodillas y te rogaría un poco más?

Marin ni siquiera sabía por qué estaba siendo tan cruel y tan injusta con Jake. Sin embargo, supuso que lo hacía para alejarlo de una vez por todas, para asegurarse de que saldría de su vida para siempre.

–Esa idea no ha pasado nunca por mi cabeza –afirmó él–. Pero creo que merezco algún tipo de explicación por lo que estás diciendo ahora.

–Ah, claro... olvidaba que no estás acostumbrado a que te rechacen. Normalmente eres tú quien decide cuándo empieza y termina una relación –dijo con sarcasmo–. Pues bien, esta vez, la decisión es mía.

–¿Es que hay alguien más en tu vida? ¿Otro hombre?

–Eso no es asunto tuyo. Además, tú no has estado nunca en mi vida... sólo has sido un divertimento temporal. Y ahora, si no te importa, me gustaría que me llevaras a Londres. A no ser que prefieras dejarme en alguna estación del camino.

–No, eso no es necesario –dijo él, muy serio.

Jake se puso el cinturón de seguridad, arrancó el vehículo y dijo:

–Sólo quiero saber una cosa, Marin... ¿Dónde se ha metido la chica con la que me acosté anoche?

Marin se encogió de hombros.

–Está aquí, como siempre. Pero ha abierto los ojos... es tan sencillo como eso.

–¿En serio? –ironizó–. Tan sencillo como eso... pues tendré que creer en tu palabra, porque a mí me parece increíblemente complicado.

Jake volvió a la carretera. Estaba tan enfadado que pisó el acelerador a fondo.

Marin tenía un nudo en la garganta.

Fue un viaje largo y silencioso. Ella estaba convencida de haber hecho lo que debía, pero su corazón le decía exactamente lo contrario.

Cuando llegaron al piso, Jake aparcó el coche en un hueco tan pequeño que a Marin le pareció casi imposible. Al parecer, era hábil hasta para aparcar.

Salieron del vehículo. Él intentó sacar la bolsa de viaje del maletero, pero ella se le adelantó y dijo:

–Puedo llevarla yo.

Jake la miró fijamente.

–¿Ni siquiera me vas a invitar a entrar?

–No.

–Marin, por favor... no te vayas así, te lo ruego –declaró él–. Aunque suene a cliché, tenemos que hablar.

–No hay nada que decir –declaró a la defensiva–. Tu cliente ya se ha convencido de que no andas detrás de su esposa. Eso era lo único importante.

–Eso y el dinero que te vas a llevar, por supuesto.

–Por supuesto. Pero no te preocupes; puedes enviarme el cheque por correo.

–No, no... prefiero solventar ese asunto ahora mismo, aunque me obligues a hacerlo en plena calle.

Jake sacó el talonario, lo puso en el techo del vehículo y rellenó un cheque que le dio a continuación.

Marin miró la cifra y se llevó una sorpresa.

–Esto no es lo que habíamos acordado. Es demasiado... mil libras más es demasiado –logró decir.

Jake se encogió de hombros y la miró con cierta insolencia.

–Tómalo como una paga extra por servicios prestados más allá del deber. Hasta luego, Marin. Ya nos veremos.

Jake subió al coche, arrancó y se marchó.

Marin estuvo a punto de romper el cheque en mil pedazos, pero se contuvo porque no quería que Jake lo viera y se diera cuenta de lo mucho que la había ofendido.

Cuando entró en el piso, vio que Lynne le había dejado una nota. Decía que estaba en casa de Mike, que esperaba que todo hubiera salido bien y que la vería más tarde.

Marin pensó que ni estaba bien ni la vería más tarde.

Durante el trayecto en coche, había tenido tiempo de tomar una decisión. No tenía que marcharse a Essex hasta el día siguiente, pero se podía marchar esa misma tarde y pasar la noche en un hotel. Estaba demasiado alterada y demasiado confusa como para enfrentarse a su hermanastra. Además, sospechaba que Jake no se iba a rendir tan fácilmente y quería poner tierra de por medio.

Metió la bolsa de viaje nueva en el armario, sin sacar las cosas del interior; después, alcanzó su bolsa vieja y guardó la ropa que necesitaba. Volvía a ser la mujer sobria y profesional que había sido antes de aquel fin de semana de locura.

Por último, se sentó y escribió una carta deliberadamente optimista a Lynne, donde le decía que se marchaba por el empleo que le habían ofrecido en Essex y que la llamaría al teléfono móvil tan pronto como le fuera posible. Sin embargo, no incluyó la dirección de la clínica veterinaria; si Lynne la desconocía, no podría dársela a nadie en un descuido.

Marin se había convencido de que necesitaba esas cuatro semanas para aclararse las ideas. Sabía que cuando volviera a Londres tendría que buscar un lugar para vivir, pero la mayoría de sus compañeras de trabajo compartían piso y siempre había alguna habitación libre por ahí.

Pero la mayor de sus preocupaciones era Jake Radley-Smith. Con un poco de suerte, estaría tan ocupada que no tendría tiempo de pensar en él.

Cuatro semanas después, volvió a Londres y fue a ver a su hermanastra. En cuanto Lynne abrió la puerta, dijo:

—Parece que pasar un mes en plena naturaleza no te ha sentado muy bien. Estás muy pálida...

Marin se encogió de hombros.

—Es que anoche me llevaron a un restaurante chino y la salsa agridulce me sentó mal —comentó—. Pero ya me siento mejor.

Sin embargo, su mejoría duró poco. Esa misma noche, Mike se presentó en el piso con comida china para cenar; y cuando Marin la olió, le revolvió tanto el estómago que tuvo que salir de la habitación a toda prisa.

—Si no te sientes mejor por la mañana, ve al médico —le ordenó Lynne mientras le daba un vaso de agua—. Puede que necesites antibióticos.

—Lo que necesito es un transplante de estómago —replicó—. No volveré a comer en un restaurante chino en toda mi vida.

A la mañana siguiente, Lynne se presentó en su habitación y se acercó a la cama, donde Marin seguía tendida.

—He hablado con Wendy Ingram y le he dicho que estás enferma y que no podrás verla hoy. Ah, por cierto, tienes cita con el doctor Jarvis a las dos y media... ¿Quieres que te traiga algo antes de marcharme? ¿Un café caliente, tal vez?

Marin se estremeció.

—No, gracias. Creo que seguiré con el agua.

Media hora después, estaba tan cansada de seguir en la cama que se levantó, se puso una bata y se dirigió al salón con intención de llamar por teléfono al médico, cancelar la cita de las dos y media e ir a la oficina de Wendy.

Aún estaba buscando el número del médico cuando oyó que llamaban a la puerta. Supuso que sería Lynne, que había vuelto para comprobar su estado, y abrió enseguida.

—Lynne, te tomas la maternidad demasiado en serio...

—Y tú confundes el sexo de las personas, cariño —dijo

Jake desde el otro lado de la puerta–. Por si no te habías dado cuenta, no soy Lynne.

Marin soltó un grito ahogado.

–¿Qué...? ¿Qué quieres?

Jake entró en la casa. Llevaba un traje oscuro y una corbata de seda.

–Te quiero a ti.

–Lo dudo mucho. Ni tú puedes estar tan desesperado por acostarte con una mujer.

Jake arqueó las cejas y dijo:

–No sé si pretendías insultarme a mí con ese comentario o insultarte a ti misma.

–Sólo quería decir que tendrás cosas mejores que hacer.

–Es posible, pero te aseguro que no he venido a verte para insinuarme a ti y que me rechaces –declaró.

–Entonces, ¿por qué has venido?

–Porque has estado desaparecida durante cuatro semanas y, como ya te dije en su día, quiero hablar contigo.

–Y yo te dije que no era necesario.

–También he venido porque Lynne me ha comentado que estabas enferma. Me he preocupado mucho al saberlo.

–Lynne es una exagerada. Como ves, ya me encuentro mejor. No tienes por qué preocuparte –afirmó.

–¿En serio? –preguntó él, mirándola con seriedad–. Tal vez deberías retroceder cuatro semanas en el tiempo y pensar en la última noche que pasamos juntos. Puede que el origen de tu enfermedad actual esté allí.

–¿Qué quieres decir?

–Que a menos que estés tomando la píldora, podríamos tener un buen problema. Hicimos el amor sin preservativo, y varias veces, si no recuerdo mal –le recordó–. Siempre tomo precauciones con esas cosas, pero aquella noche estaba tan fuera de mí que ni siquiera me di cuenta... y sospecho que tú, tampoco.

Ella se le quedó mirando con ojos como platos.

–No, no es posible...

–Tal vez no, pero convendría que saliéramos de dudas.

Jake sacó un paquete del bolsillo de la chaqueta y se lo dio.

–Toma. Entra en el cuarto de baño y hazte la prueba del embarazo.

Marin miró el paquete con asombro.

–No, no, no... no puedo.

–¿Por qué no? Las instrucciones están en el prospecto y son bastante claras. Además, yo no me puedo hacer la prueba por ti...

–No, ya basta. No lo voy a hacer –declaró, orgullosa–. No puedes presentarte aquí de repente y empezar a darme órdenes.

–Sólo quiero saber si estás embarazada de mí, y creo que tengo derecho a saberlo –alegó–. Por favor, haz lo que te pido. Hazlo por los dos.

Marin lo miró a los ojos un momento y se dirigió al cuarto de baño.

Cuando entró, consideró la posibilidad de tirar el paquete sin más y decirle que la prueba había dado negativo. Pero ella también quería salir de dudas; especialmente, porque hizo cuentas y llegó a la conclusión de que llevaba un retraso anormal con el periodo.

Minutos después, regresó al salón. Jake sólo tuvo

que mirar su cara pálida y sus labios temblorosos para saber lo que había pasado.

Permaneció en silencio durante unos momentos, suspiró y dijo:

—Bueno... parece que al final tendremos que hablar.

Jake se acercó y ella retrocedió. Jake la tomó de la mano y ella intentó soltarse.

—Déjame en paz...

—No seas tonta —dijo él, mientras la llevaba hacia el sofá—. Siéntate antes de que te desmayes... Supongo que querrás informar a tu madre y a tu padrastro para que vengan a Londres tan pronto como puedan.

Marin lo miró con horror. La perspectiva de hablar con Barbara y con Derek le resultaba espantosa; no quería decepcionarlos, no quería que supieran que su vida se había convertido en un desastre.

En cambio, hablar con Lynne le preocupaba menos. Sabía que su hermanastra sería comprensiva y que la apoyaría en cualquier caso y fuera cual fuera su decisión.

—No, no... prefiero que no lo sepan.

—Te comprendo perfectamente. Yo tampoco ardo en deseos de decírselo a mi madre —le confesó él—. Pero si vamos a tener ese niño, tendremos que hacerlo más tarde o más temprano... además, convendría que pidamos una licencia matrimonial y que nos casemos rápidamente.

Marin pensó que aquello no tenía ningún sentido.

—¿De qué diablos estás hablando? —murmuró.

—De nuestra boda, claro... Vamos a tener un niño, Marin. Puedes ser madre soltera, pero es más conveniente que nos casemos.

—Pero si tú no eres de los que se casan...

—Puede que no. Y desde luego, tampoco tenía intención de ser padre –admitió–. Pero la vida puede cambiar muy deprisa.

—Oh, por Dios... –dijo con impaciencia–. No es necesario que nos casemos. Ya no vivimos en la Edad Media, Jake.

—Lo sé, pero estoy algo chapado a la antigua. Me gustaría que mi primer hijo llevara mi apellido, Marin.

Marin estaba tan asustada que quería gritar. Pero en lugar de eso, lo miró a los ojos y dijo:

—Das por sentado que quiero tenerlo. Y puede que te equivoques.

—En eso tienes razón. La decisión es tuya.

—Además, no nos podemos casar –insistió ella–. Apenas nos conocemos...

—Bueno, es verdad que sólo hemos estado juntos un par de días, pero sabemos que en cierto aspecto de las relaciones personales somos absolutamente compatibles... aunque algo descuidados, eso sí.

—Ya te lo dije, Jake... Había bebido... no sabía lo que hacía...

Jake se quitó la chaqueta, que dejó en el brazo del sofá, y se aflojó la corbata.

—Aunque eso fuera cierto, que no lo es, ahora estás perfectamente sobria. ¿Por qué no vamos a tu dormitorio y comprobamos la base científica de tu teoría?

—No, nada de eso. Ni te atrevas a tocarme.

Jake frunció el ceño.

—Como acabo de decir, la vida puede cambiar muy deprisa. Tal vez podría llamar a Graham por teléfono y pedirle que me envíe una botella del alcohol que dices haber tomado aquella noche. Así superarías tu aversión por mí —se burló.

—De acuerdo, cometí un error —dijo ella, haciendo caso omiso de sus burlas—, pero eso no significa que deba pagar por ello el resto de mi vida.

Jake se quedó en silencio unos segundos.

—Es verdad, Marin. Y lamento muchísimo lo que ha pasado. Debí estar más atento; debí preocuparme de las consecuencias... La culpa es enteramente mía. Pero al menos, estoy en condiciones de asegurarte que, a partir de ahora, tendrás una vida más fácil.

—¿Y crees que eso me va a animar? —declaró con amargura.

Él se encogió de hombros.

—¿Qué otra cosa puedo decir? Soy un hombre rico, Marin. Además, no me drogo, no suelo beber en exceso y jamás, en toda mi vida, he levantado la mano a una mujer... y eso que me han provocado bastante.

Marin se ruborizó, irritada.

—¿Te parece que eso es motivo suficiente para que me case contigo?

Jake se recostó tranquilamente en el sofá y estiró las piernas.

—Tal vez no, pero es un principio. Pero si pretendes que me arrodille delante de ti y te exprese mi devoción eterna...

—No —dijo, brusca—. No quiero más mentiras.

—Pero habrá momentos en los que tampoco quieras oír la cruda verdad de mi boca —dijo con humor—. Espero que no te enfades mucho cuando te des cuenta de que a veces trabajo hasta bien entrada la noche...

—No, no me enfadaría por eso. Pero es posible que

Lynne se molestara bastante contigo... sobre todo si tiene que inventarse una historia para cubrirte las espaldas.

–Lynne ya no estará trabajando para mí.

Marin lo miró.

–¿Insinúas que la vas a despedir? ¡Eso es injusto, Jake! ¡Mi hermanastra no tiene la culpa de lo que ha pasado! –exclamó, fuera de sí.

–Tranquilízate... Lynne va a dejar de trabajar conmigo porque la voy a ascender a subdirectora, lo cual incluye un aumento de salario y otros beneficios extra. Lo estaba pensando desde hace tiempo, pero lo había retrasado porque no conocía a nadie que la pudiera sustituir. Como ves, cariño, tú no eres la única persona que tiene cosas que perder.

–¡Deja de llamarme *cariño*!

–¿Y cómo quieres que te llame? –preguntó con sarcasmo–. ¿*Querida mía*, tal vez? ¿O quizás... *mi amor*?

–Basta ya, Jake. No sigas. Te lo ruego.

–Está bien, me limitaré a llamarte por tu nombre... pero con la condición de que me trates con cierto respeto. Y puedes empezar a practicar esta misma tarde, cuando conozcas a mi madre –declaró.

Marin lo miró fijamente.

–¿Tienes madre?

–Por supuesto que tengo madre. ¿Cómo crees que llegué al mundo? No creerás que a los niños los trae la cigüeña...

–No sabía que tuvieras familia –se defendió.

–Pues sí, la tengo. Y además de madre, también tengo abuelos, dos tías, un tío, varios cuñados y un montón de primos. Pero creo que deberíamos limitar la lista de la boda a los familiares más cercanos.

Marin bajó la vista y la clavó en sus manos, que había cruzado sobre el regazo.

–Si lo que te preocupa es que se reconozca legalmente tu paternidad, hay otras formas de conseguirlo. No es necesario que nos casemos.

–¿Quieres que lleguemos a algún tipo de acuerdo? Lo siento, pero no quiero verlo dos horas cada quince días, en función de tu disponibilidad –dijo con voz implacable–. He visto esa situación en otros casos y no es muy agradable. Mi hijo tendrá unos padres y un hogar. Mis sentimientos personales carecen de importancia en ese sentido; él es lo más importante.

–¿Y qué pasará cuando crezca y sepa que sus padres se casaron por conveniencia, no porque se amaran?

Jake se encogió de hombros.

–Ya nos enfrentaremos a ese problema cuando se presente –respondió–. Además, podemos fingir que estamos enamorados.

–Empezando con tu madre, supongo...

–No, a ella le voy a decir la verdad. Me temo que nos veremos muy a menudo... hace tres años, cuando mi padre falleció, se mudo de la mansión a una casa cerca del pueblo, pero me cuida la propiedad y actúa de anfitriona cuando es necesario –explicó–. De todas formas, no podríamos engañarla. Es demasiado lista.

–¿Y qué vamos a hacer con mi madre y mi padrastro?

–Decirles lo que te parezca más oportuno. Pero creo que lo asumirán más fácilmente si les convencemos de que nos casamos por amor, no por fuerza mayor. De hecho, creo que deberíamos hacer lo mismo con Sadie, el ama de llaves de la mansión... fue mi niñera, y es tan romántica que se deprimiría mucho si supiera la verdad.

–¿Cuánto tiempo esperas que mantenga esa farsa?

–Hasta que destruya nuestro amor eterno con mi comportamiento inadmisible –respondió con ironía–. Descuida, no tardaré demasiado... ¿Y bien? ¿Qué te parece? ¿Te casarás conmigo por el bien del niño?

Marin respondió con voz firme.

–Sí; por el bien del niño. Pero sólo por eso. Quiero que quede completamente claro.

Jake se encogió de hombros.

–Está claro como el agua.

–Pero hoy no puedo conocer a tu madre. Tengo una cita con el médico a las dos y media de la tarde.

–Pues te acompañaré y después iremos a ver a mi madre.

Jake miró la hora y se levantó.

–Bueno, tengo que volver al despacho –anunció–. ¿Quieres que le diga algo a Lynne?

–No, por Dios...

Él asintió.

–Entonces, dejaré que se lo digas tú. Pero por favor, no lo olvides... Y cuando pase a recogerte a las dos, espero que estés aquí.

–Estaré aquí. No me has dejado otra opción.

–Eso es cierto. Pero recuerda que a mí me pasa lo mismo.

Jake se alejó hacia el vestíbulo y salió de la casa.

Marin se llevó las manos a la cara y se quedó en el sofá, inmóvil, durante un buen rato.

Capítulo 10

AQUELLA tarde, cuando salían de Londres en el coche de Jake, él preguntó:

–¿Por qué has cancelado la cita con el médico?

–Porque no tenía sentido que lo viera cuando ahora conozco el motivo de mi malestar –contestó Marin.

Ella no le dijo que había repetido la prueba de embarazo para estar segura. Ni que había estado llorando toda la mañana, desesperada ante la perspectiva de condenarse a un matrimonio sin amor.

–Bueno, no importa. Cuando lleguemos a Chelsea irás a ver a un médico de todos modos –dijo él, frunciendo el ceño–. Lo llamaré mañana.

–¿No te parece un poco pronto?

–No –contestó, lanzándole una mirada–. Porque esta noche te vas a venir a vivir conmigo.

Marin tardó en reaccionar.

–No me hagas esto, Jake. Estoy bien con Lynne.

–Pero prefiero que vivas bajo mi techo, donde puedo vigilarte. Además, tu hermanastra no estará mucho tiempo más en ese piso. Ha encontrado una casa y cualquier día se marchará con Mike –le informó.

–No me había dicho nada...

–Estaría esperando a que te encontraras mejor.

–Pero tú no vas a ser tan considerado como ella, claro.

–¿Te parezco poco considerado por querer cuidar de ti? Nos vamos a casar, Marin, es lo más normal del mundo. Fíjate en Mike y Lynne, por ejemplo...

–Pero ellos están enamorados. Es distinto –afirmó–. Y si vamos a vivir juntos...

–Ah, entiendo. Te preocupa que quiera dormir contigo.

–En efecto. Necesito tener una habitación para mí sola. Y eso no es negociable; si te niegas, no me casaré contigo.

–Ya me imaginaba que dirías eso –declaró con humor–. Pero descuida, ya he dado órdenes para que te preparen una habitación. Aunque ambos sabemos, por experiencias pasadas, que dormir en habitaciones separadas no asegura nada en absoluto.

Ella se ruborizó y dijo:

–No tengo intención de cometer otra vez el mismo error.

–Ni yo, querida. Ni yo.

Marin decidió cambiar de conversación.

–¿Ya has hablado con tu madre?

–Sí, hemos mantenido una conversación... bastante sincera.

–¿Se ha enfadado mucho?

–Está muy decepcionada. Pero parece haberlo asumido.

–Qué suerte tienes –comentó con amargura–. Sospecho que mi madre no será tan tolerante como la tuya.

–Bueno, mientras no llame a la policía... –bromeó.

–Esto no es una broma, Jake –bramó ella.

–Lo sé, Marin, pero tenemos que afrontarlo. Llorar y darnos golpes de pecho no serviría de nada. Es lo que hay.

Minutos más tarde, llegaron a la propiedad de Jake.

Cuando Marin distinguió la silueta de Harborne Manor, pensó que no olvidaría nunca aquel día. Esperaba que fuera una mansión de estilo georgiano, como Queens Burton, pero resultó ser un verdadero palacio de chimeneas altas, ventanales enormes y praderas verdes que lo rodeaban por completo.

—Dios mío.... Es precioso... Jamás habría imaginado que... —acertó a decir—. ¿Está abierto al público? ¿La gente puede entrar a verlo?

—No, no puede. Es y siempre será una residencia privada —respondió—. Pero en junio damos una fiesta, el Garden Day, y ofrecemos una jornada de puertas abiertas para recaudar fondos para la Cruz Roja.

—¿El Garden Day?

—No te preocupes. Fue hace tres semanas... además, eso no sería un problema para ti. Creo recordar que estás acostumbrada a organizar actos.

Jake detuvo el vehículo en el vado de la mansión. Una mujer salió de repente y se quedó en lo alto de la escalinata, esperándolos. Era alta, de cara sonrosada y cabello gris recogido en un moño.

—Bueno, ahí está Sadie —dijo Jake mientras caminaban hacia ella.

Cuando llegaron a su altura, él añadió:

—Sadie, te presento a mi prometida. Tuvo la oportunidad de huir de mí, pero ya no es posible —bromeó.

—¿Y por qué querría huir de ti? —preguntó el ama de llaves—. Venga, déjate de tonterías y preséntanos como se debe.

—Por supuesto...

Terminadas las presentaciones, Sadie Hubbard observó a Marin de la cabeza los pies.

–La encuentro muy delgada y no tiene buen aspecto –dijo–. Esos mareos matinales son terribles... pero no se preocupe, señorita, pasarán pronto. Tienes que cuidar bien de ella, James...

–Lo haré.

Él tomó a Marin de la mano y la llevó hacia la entrada. Marin notó que Sadie lo había llamado *James* en lugar de Jake, pero prefirió dejar su curiosidad para más tarde.

–Ésta es ahora tu casa, cariño. Entra y échale un vistazo.

Cuando entraron en el vestíbulo y Marin vio la anchura y la magnificencia de la escalera de roble que ascendía frente a ellos, se quedó asombrada.

–¿Cuántos años tiene la mansión? –preguntó.

–Es de la época de los Tudor. Se construyó con las piedras de un monasterio, pero desde entonces ha sufrido bastantes modificaciones. Por suerte, mi padre y mi abuelo se dedicaron en cuerpo y alma a arreglar la fontanería... No te preocupes; no tendrás que bañarte con el agua helada de un pozo. Tenemos cuartos de baño.

Sadie se acercó a ellos y comentó:

–Déjate de tonterías y lleva a la señorita Wade al patio. Tu madre os espera, y está muy nerviosa.

Elizabeth Radley-Smith era una mujer alta, de cabello oscuro y faz tranquila. Tenía los ojos de color azul, como los de su hijo, pero sin su brillo de alegría. Parecía preocupada y no mostró más afecto a Marin que un apretón de manos.

–Así que ésta es tu prometida –dijo.

Los tres se sentaron en el patio, alrededor de una mesa.

Tras un silencio bastante incómodo, Elizabeth añadió:

–Voy a hablar con la cocinera para que nos prepare el té. ¿Por qué no hablas con Marin sobre la conversación que mantuvimos ayer?

La madre se Jake se marchó inmediatamente.

–¿De qué me tienes que hablar? –preguntó Marin.

–Mi madre me pidió ayer que nos casemos aquí, en la iglesia de Harborne Manor. Si lo hacemos entre semana, podría ser una ceremonia pequeña, con pocos invitados; y después podríamos ofrecer una comida para la familia... ¿Te parece bien? Tiene la ventaja de que Lynne, tu madre y tu padrastro se podrían quedar a dormir y no tendrían que marcharse de inmediato.

–No sé qué decir, Jake. Casarme aquí, en este palacio... ¿también quieres que me case de blanco, como una novia tradicional?

–Por mí, te puedes casar con un vestido de papel de periódico; mientras estés presente en la boda, eso es cosa tuya... iré al registro civil y empezaré a organizar las cosas.

–¿No estropeará tu imagen de pilar de la comunidad? –ironizó.

–Lo dudo mucho.

Elizabeth volvió en ese momento con el té. Jake se acercó, recogió la bandeja y la dejó sobre la mesa.

–A Jake y a mí nos gusta el té solo, Marin, pero le he pedido a la cocinera que te prepare una infusión de menta porque mi hijo me ha dicho que no te encuentras bien. Las infusiones de menta me sentaban maravillosamente cuando me quedé embarazada por primera vez....

Marin se mordió el labio.

–Gracias. Es muy amable.

Elizabeth se sentó.

–¿Y bien? ¿Ya habéis tomado una decisión?

–Todavía tengo que convencerla –respondió Jake.

–Espero que lo consiga, Marin –dijo su madre–. Varias generaciones de Radley-Smith se han casado aquí, y sé que la gente del pueblo se sentiría muy decepcionada si rompiéramos la tradición.

Marin pensó en todo lo que estaba pasando y supo que no lo podía hacer. No se sentía capaz de pronunciar palabras de amor y de compromiso en una ceremonia tradicional, como si fuera cierto que estaban enamorados. Y antes de darse cuenta de lo que hacía, declaró en voz alta:

–No, no es posible. No puedo ser tan hipócrita.

Jake reaccionó rápidamente.

–En tal caso, no se hable más. Nos casaremos en Londres por lo civil.

A continuación, les sirvieron algo de comer. El ambiente estaba bastante tenso, pero Jake y su madre se pusieron a hablar de asuntos de negocios y ella logró tomarse una rebanada de pan con mantequilla y miel.

Al cabo de un rato, Jake se levantó.

–Tengo que llamar al despacho. Le diré a Sadie que empiece la visita turística sin mí.

Marin sintió la necesidad de aferrarse al cuello de su camisa y rogarle que se quedará con ella. Pero habría sido bastante embarazoso, de modo que se contuvo.

Las dos mujeres permanecieron en silencio durante unos minutos. Después, Marin sacó fuerzas de flaqueza y dijo:

–Supongo que me odiarás.

–Yo no odio a nadie –dijo Elizabeth Radley-Smith–. Excepción hecha de las personas que abusan de los animales y de los niños, pero no creo que te encuentres en esa categoría.

–Sin embargo, no querrás que Jake se case de este modo...

–No, claro que no.

–Entonces, ¿no podrías hablar con él y convencerlo para que lo olvide, antes de que sea demasiado tarde? –le rogó–. Es una idea terrible... tiene que haber otra solución. Estoy segura de que la hay.

La madre de Jake sacudió la cabeza.

–Detener a una manada de elefantes sería más fácil que lograr que Jake cambie de opinión. Además, quiere estar con su hijo desde el día en que nazca. No tenemos más opción que asumirlo y seguir adelante.

Elizabeth miró a Marin a los ojos y añadió:

–Pero quiero a mi hijo, Marin. Y lo que más me trastorna de todo este asunto es que, según me ha contado, preferirías cualquier solución antes que convertirte en su esposa... No sé, es posible que ahora, después de haber visto Harborne Manor y las bellezas que ofrece, estés más dispuesta a ello. Es un lugar maravilloso.

Marin se ofendió.

–¿Crees que eso me importa? ¿Crees que quiero utilizar al niño para conseguir una vida de lujo y vivir con un rico que me pague las facturas? En tal caso, te equivocas. Sabía que Jake tenía una casa en el campo porque mi hermana, que trabaja para él, lo había mencionado; pero jamás pensé que fuera un palacio ni que él tuviera tanto poder.

—Te creo, Marin, pero debes entender que las circunstancias de tu relación con mi hijo no son precisamente tranquilizadoras... os vais a casar después de una sola noche de amor, según tengo entendido.

Marin asintió.

—Te aseguro que yo misma me siento avergonzada por lo que pasó.

—Y yo. Jake significa tanto para mí; esperaba tantas cosas de él... Pero ha tomado una decisión y no puedo hacer nada al respecto.

—Lo lamento muchísimo –dijo Marin, sacudiendo la cabeza–. Hace veinticuatro horas, yo tenía una vida y creía saber adónde me dirigían mis pasos. Pero ahora... mi vida ha dado un vuelco y no lo llevo muy bien.

—Sin embargo, tuviste que ser consciente del riesgo que corrías –afirmó Elizabeth, mirándola con frialdad.

—Tendría que haberlo sido, sí, pero estaba tan preocupada con otras cosas que cometí un grave error –le confesó.

—Pues dentro de poco vas a estar más ocupada todavía, Marin. Te vas a convertir en madre y esposa... En fin, dejémoslo por el momento. Te llevaré con Sadie.

—Madre y esposa... –repitió Marin en voz baja mientras seguía a Elizabeth.

Por suerte para ella, Sadie no mostró interés alguno por someterla a otro interrogatorio. Se limitó a enseñarle la mansión, empezando por el primer piso, cuyas habitaciones, muy lujosas, tenían vistas a los jardines.

—Todo está lleno de flores... –comentó Marin.

—Y no plantamos sólo flores. También plantamos verduras —explicó Sadie—. El señor Murtrie adora los productos naturales.

Marin reconoció el apellido porque, poco antes, Sadie la había puesto al día sobre todas las personas que trabajaban en la propiedad. El señor Murtrie era el jardinero jefe, que por lo visto tenía un par de ayudantes. También estaban la señora Osborne, la cocinera; su hija, Cherry, que limpiaba la mansión con la ayuda de algunas personas del pueblo y, por último, Bob Fielding, que además de ser el marido de Cherry, cuidaba de los caballos.

Poco después, Sadie la llevó a una habitación más pequeña que las demás y que a Marin le gustó especialmente.

—Antes lo llamábamos el *cuarto de costura* —dijo Sadie—, porque era el lugar donde las mujeres se sentaban a coser en los viejos tiempos. Ahora es una especie de cuarto de estar... Cuando James viene de visita, se sienta aquí y se dedica a leer o a escuchar música.

—Discúlpame un momento, Sadie; hay una cosa que no entiendo... Si su nombre es James, ¿por qué lo llaman Jake?

—Su abuelo quiso que lo bautizaran como Jacob, pero sus padres no querían y le pusieron James. Sin embargo, el anciano caballero se empeñó de todas formas y lo empezó a llamar Jake; que, como sabes, es diminutivo de Jacob —explicó.

—Comprendo...

Sadie la llevó entonces a la escalera, que empezaron a subir.

—James me ha sugerido que empecemos la visita por

la suite principal. Cree que tal vez quieras cambiar la decoración.

–Estoy segura de que me gustará –dijo Marin, mientras avanzaban por el corredor–. Preferiría no entrometerme en su intimidad.

Sadie la miró con sorpresa.

–No sería ninguna intromisión. James duerme en su habitación de siempre... la suite principal no se ha utilizado desde que falleció el señor Philip, el esposo de Elizabeth. Personalmente creo que necesita una reforma. Podría ser un buen proyecto conjunto para James y para ti...

Sadie abrió la puerta de la suite y Marin la siguió al interior.

En cuanto la vio, se sintió como si estuviera en un solario. Era un lugar increíblemente luminoso, y tanto las cortinas como la colcha de la cama, de color dorado, aumentaban la sensación.

–Es preciosa...

–Sí, pero las cortinas están desgastadas –dijo Sadie con desaprobación–. Se lo dije a Elizabeth en su día, pero se limitó a reír y a decir que a su esposo le gustaban y que eso era lo único importante. Es una pena que falleciera de repente. Se querían tanto...

–¿Qué ocurrió?

–Un día, Philip salió a echar un vistazo a unos frutales que acababa de plantar y le entró un dolor de cabeza. Volvió a casa, se tomó un par de analgésicos y dijo que se iba a tumbar un rato en el sofá del despacho. Cuando Elizabeth fue a ver cómo se encontraba, lo descubrió inconsciente... el pobre Philip murió de camino al hospital. Los médicos dijeron que había sido un aneurisma –declaró.

–Mi padre también falleció de forma repentina. Pero en su caso fue por culpa de un ataque al corazón.

Sadie le dio una palmadita en el brazo.

–Es muy duro para los que sobreviven –comentó–. Pero Elizabeth ya se ha recuperado de su pérdida, e imagino que ahora será muy feliz... a fin de cuentas, os vais a casar y vais a tener un hijo.

Marin no dijo nada.

–Bueno, la puerta que ves ahí da al cuarto de baño; y la siguiente, al vestidor. ¿Por qué no te quedas un rato, le echas un buen vistazo y piensas lo que te parece?

Marin sonrió y asintió. Sadie se dio la vuelta y la dejó a solas.

Acababa de salir del cuarto de baño, un lugar precioso con azulejos de color añil, dos lavabos separados, una ducha y una bañera gigantesca, cuando se encontró con Jake, que en ese instante entraba en la suite.

–¿Qué tal va la visita? –preguntó, sonriendo.

Marin echó un vistazo a su alrededor.

–Oh, muy interesante... Pero, ¿dónde está Sadie?

–Descuida, no anda lejos. Ya te dije que es una mujer muy romántica; te ha dejado sola en la suite porque cree que la vamos a compartir en nuestras noches de amor y quería que disfrutaras un poco de la perspectiva –dijo con ironía–. Como te puedes imaginar, he preferido no destrozar sus ilusiones.

Jake se detuvo un momento y añadió:

–¿Qué te ha parecido la caseta del perro?

–¿La caseta del perro?

–Era el nombre que mi padre puso al vestidor –explicó–. Según parece, era el lugar adonde antes se expulsaba a los maridos que habían cometido algún pecado.

Y teniendo en cuenta que yo he cometido muchos, tal vez debería dormir en él...

–Si es por eso, también podría ser mi habitación –dijo ella.

Jake sacudió la cabeza.

–Tonterías –dijo–. Además, tú tienes que dormir en la suite. La cama es muy grande y cuando tengas el niño estarás más cómoda que en cualquiera de las otras habitaciones. Además, yo sólo vendré los fines de semana.

–¿Es que nos vamos a quedar a vivir aquí?

–Tú, sí. Pero yo seguiré en Londres.

–¿Vas a dejarme en este lugar? ¿Sola? –preguntó, asombrada.

Jake frunció el ceño.

–No es precisamente una cárcel, Marin... Cuidarán bien de ti. Y te sentirás querida.

–No necesito que cuiden de mí. No estoy inválida –le recordó–. Además, tengo un trabajo y una vida... no quiero convertirme en una especie de vegetal.

–¿En qué tipo de vegetal estás pensando? –preguntó él con humor–. ¿En una alcachofa? ¿En una coliflor?

–No te atrevas a bromear con este asunto –le desafió–. Estamos hablando de mi vida. No es para tomárselo a broma.

Jake dio un paso hacia ella. Marin retrocedió y él se detuvo.

–Tu vida ha cambiado, cariño, y también tu trabajo. Estás a punto de convertirte en mi esposa. Prefiero que estés en un lugar cómodo; no quiero que desaparezcas de repente y te marches otras cuatro semanas por ahí. Además, tenía la impresión de que quieres que nos veamos lo menos posible... ¿o me equivoco?

–No, no te equivocas –contestó ella, mirando el reluciente entarimado del suelo–. Pero entonces, ¿por qué tenemos que marcharnos juntos a Chelsea?

Jake sonrió con frialdad.

–Porque las próximas semanas van a ser complicadas. Organizar una boda, aunque sea pequeña, siempre es difícil. Conviene que estemos bajo el mismo techo; pero no te preocupes, haré lo necesario para reducir nuestro contacto al mínimo.

–Parece que lo has pensado todo. Pero dime, ¿cómo vas a consolar a tu madre? ¿Cómo crees que se sentirá cuando me tenga aquí, en su casa, ocupando su puesto?

–En primer lugar, ésta será tu casa cuando nos casemos, no la de mi madre –contestó él con tranquilidad–. Y en segundo, la preocupación de mi madre no tiene nada que ver con eso... mi padre y ella estuvieron muy enamorados; y lógicamente, esperaba que yo me casara por el mismo motivo, por amor.

–Pues cásate por amor –dijo ella–. Estoy segura de que tienes un sinfín de candidatas que te adoran.

–Sí, pero la adoración tiene que ser mutua y no lo es. ¿Comprendes ahora mi problema?

–Lo comprendo –contestó, tensa.

–En tal caso, y teniendo en cuenta que en algún momento tendremos que compartir cierta intimidad, te sugiero que dejes de reaccionar tan mal cada vez que nos encontramos. Si te sigues comportando de ese modo, pensarán que te has quedado embarazada porque yo te violé.

–Oh, no... no pensarás que.... –dijo, horrorizada.

–Procuro no pensar nada en absoluto, aunque no lo consigo –la interrumpió–. Sin embargo, es obvio que a

veces nos tendremos que tocar, aunque sea a regaña-
dientes. Empezando por esta pequeña formalidad...

Jake se llevó una mano al bolsillo y sacó algo que
brillaba a la luz del sol.

—Dame tu mano, Marin. Por favor.

Marin contempló el anillo de rubí y diamantes. Era
verdaderamente bonito.

—No lo puedo aceptar, Jake. No sería correcto.

—Es el anillo de compromiso de mi abuela. Me lo dejó
en herencia para que se lo regalara a mi futura mujer.

—Pero no así, Jake. Esto es una farsa.

Jake negó con la cabeza.

—No, ya no es una farsa. Te has convertido en mi
prometida oficial y en poco tiempo serás mi esposa.
Para el resto del mundo somos amantes. Ese anillo lo
demuestra.

Marin volvió a mirar el anillo. Durante un momento,
tuvo la impresión de que Jake estaba a punto de besarle
la mano; pero justo entonces, apareció Sadie.

—Elizabeth quiere despedirse de vosotros —anunció—.
Tiene una reunión esta noche, en el Ayuntamiento, y se
va a ir.

Jake soltó la mano de Marin y retrocedió.

—Nosotros también nos tenemos que ir —dijo él—. Tenemos cosas que hacer en Londres. ¿Verdad, cariño?

Marin contestó, en un susurro:

—Sí.

Capítulo 11

LO ASESINARÍA con mis propias manos –declaró Lynne, furiosa–. Oh, Dios mío... sólo espero que te cuide bien y que estés a salvo con él.

–No ha sido culpa suya –lo defendió Marin.

–¿Insinúas que el hijo que estás esperando no es de Jake? ¡No me digas que te acostaste con ese canalla de Francia!

–No, no... es hijo de Jake. Pero si quieres culpar a alguien, cúlpame a mí.

–No seas ridícula. Supongo que no acabasteis en la cama porque tú lo sedujiste.

Marin no dijo nada.

–Marin, por favor, di algo...

–Yo lo seduje, Lynne. Me temo que fue cosa mía –le confesó–. Llevaba sólo una bata y me planté desnuda delante de él.

Lynne se levantó del sofá donde se había sentado.

–Oh, no... Me voy a preparar un café bien cargado. ¿Quieres uno?

–No, gracias. Prefiero un poleo a la menta.

Lynne desapareció en la cocina y regresó minutos después con dos tazas.

–Bueno, explícamelo todo desde el principio, porque no te entiendo. ¿Qué es eso de que lo sedujiste? ¿Cómo es posible, Marin? Tú nunca has sido así... Y por si fuera poco, tuviste que hacerlo con Jake.

Marin tardó unos segundos en responder.

–No sé, supongo que quise probar lo que se sentía. Y que quise acostarme con alguien que tuviera la experiencia necesaria.

–Me parece muy bien, Marin, pero deberías haber tomado precauciones. Ahora te has quedado embarazada. Un niño es un precio muy alto para un desliz –afirmó–. ¿Y qué va a hacer él? ¿Lo va a reconocer? ¿Te va a apoyar económicamente?

–Sí, pero no como tú imaginas.

Marin le enseñó la mano con el anillo de compromiso, que hasta ese momento había mantenido escondida en el bolsillo de la falda.

–Nos vamos a casar –continuó–. Esta tarde me ha llevado a Harborne Manor, me ha presentado a su madre y me ha regalado el anillo de su abuela.

Lynne suspiró, atónita.

–Por todos los demonios, Marin. Casi esperaba que todo esto fuera una broma, que fuera el Día de los Inocentes y que todo hubiera sido una broma... Pero va en serio, ¿verdad?

–Sí.

–Y no estáis enamorados.

–En absoluto. Simplemente, hemos decidido hacer lo mejor en estas circunstancias. Jake no quiere estar casado, pero necesita un heredero; y yo tampoco quiero ser su esposa, pero estoy embarazada de él. El matrimonio es la mejor de las soluciones.

–¿La mejor de las soluciones? ¿Es que te has vuelto loca?

–No, no me he vuelto loca. Soy consciente de lo que implica –respondió–. Pero tengo que pensar en el bienestar del bebé.

–¿Y qué me dices de tu vida?

–Cuando dé a luz, volveré a trabajar.

–No me refería precisamente al trabajo, sino a tu vida emocional. ¿Crees que podrás ser feliz con ese tipo de relación? Os vais a casar sin amor, Marin.

–No lo sé, francamente –le confesó–. Supongo que ya afrontaré ese problema cuando se presente... pero por favor, Lynne, no te enfades conmigo. Deséame suerte.

–No estoy enfadada; sólo muy preocupada. Y por supuesto que te deseo suerte... sospecho que la vas a necesitar –dijo, frunciendo el ceño–. Pero ahora que lo pienso, ¿qué les vas a decir a nuestros padres? No puedes decirles la verdad.

Marin se mordió el labio.

–Ya he hablado con ellos. Los llamé por teléfono en cuanto volví de Harborne Manor. Les he dicho que estamos enamorados y que nos queremos casar... al principio se lo han tomado mal y se han opuesto, pero Jake los ha convencido e incluso ha logrado que asistan a la boda.

–Dios mío. Será mejor que le cuente la misma historia a Mike. Si llega a saber la verdad, es muy capaz de pegarle un puñetazo a Jake y romperle la nariz.

–Pues hay más, Lynne; algo que no te he contado todavía. Mañana me voy a vivir con Jake a su piso de Chelsea. Tendría que haberme marchado esta noche, pero estaba muy cansada y he preferido quedarme aquí.

Marin supuso que Lynne exigiría otra explicación; pero para su sorpresa, se limitó a sonreír.

–Bueno, puede que aún tengas esperanzas... –dijo en

un susurro, casi para sus adentros–. Pero en fin, olvide-
mos el asunto. ¿Qué te parece si cenamos, nos ponemos
cómodas y vemos alguna película en el televisor?

Marin le devolvió la sonrisa.

–Me parece excelente.

Cuando se tumbó en la cama y miró el techo, Marin
pensó que aquella habitación no le gustaba nada. Por
supuesto, era un piso precioso y estaba decorado con
buen gusto; pero los muebles le parecían demasiado
fríos, demasiado impersonales.

Estaba en el piso de Jake. Habían pasado diez días
desde la mañana en que llegaron a Chelsea y él la dejó
porque tenía una reunión importante.

–Tengo que marcharme a Canary Wharf –dijo, después de sacar su equipaje del coche–. Jean, la señora
Connell, cuidará de ti. Te veré esta noche.

Después, se inclinó sobre ella, le dio un beso en la
frente y se marchó. La señora Connell se acercó entonces.

–Bienvenida a Danborough Gate –dijo, mirándola
con sorpresa.

Marin comprendió su sorpresa. Con toda seguridad,
esperaba que la futura esposa de Jake fuera distinta, más
refinada y elegante.

–Espero que sean muy felices –continuó la mujer–.
El señor Radley-Smith me ha dado instrucciones para
que le prepare la habitación de invitados, si no he entendido mal.

–No ha entendido mal, señora Connell.

La mujer se inclinó para recoger sus maletas y se llevó
la segunda sorpresa al comprobar que sólo tenía una.

–¿Es todo su equipaje, señorita?

–Sí, todo.

El ama de llaves la llevó a paso rápido por el piso, que consistía en dos salones grandes, tres habitaciones con baño y una cocina tan moderna que parecía salida de una nave espacial. Desde los balcones se disfrutaba de una vista excelente del Támesis.

–También tenemos un jardín precioso en la azotea –le informó–. Como ninguno de los edificios de los alrededores es más alto que éste, la intimidad es absoluta. El señor Radley-Smith sube con frecuencia.

Marin no tardó en saber que el servicio de la casa se ocupaba de todos los menesteres. Jake había contratado a una empresa de limpieza doméstica, que hasta se encargaba de recoger la ropa sucia y lavarla, e incluso tenía una empleada que pasaba los jueves y reponía los ramos de flores de los jarrones.

Por supuesto, se preguntó qué haría la señora Connell con tanto tiempo libre; pero a medida que transcurrían los días, se dio cuenta de que su verdadera ocupación era cocinar. Y cocinaba maravillosamente

Por lo demás, todo iba bien. Jake ya se había encargado de los preparativos de la boda y ella hacía poco más que descansar; había llamado a Wendy Ingram para decirle por qué no podía aceptar el trabajo de Essex y había pasado por la consulta del médico personal de Jake, la doctora Gresham, para que la reconociera.

Al cabo de unos días se presentaron su madre y Derek, procedentes de Portugal, y Jake se empeñó en que se alojaran con ellos en Danborough Gate. Como cabía esperar, Barbara se opuso a las intenciones de su hija, que pretendía casarse con un simple traje chaqueta, y quiso que salieran a comprar un vestido en condiciones.

Al final, eligió uno de color rosa pálido, mucho menos espectacular de lo que su madre quería, pero también más romántico de lo que ella le habría gustado.

Cuando por fin llegó la mañana de la boda, Marin se llevó una sorpresa muy agradable. Jake había cumplido su palabra. Iba a ser el acontecimiento pequeño y exclusivamente familiar que le había prometido, con Lynne y Mike actuando de testigos de los novios.

Jake y ella caminaron hacia la parte delantera del registro civil. Marin estaba tan anonadada que no prestó atención a la ceremonia. Cuando se quiso dar cuenta, ya se habían puesto los anillos de oro; un momento después, él se inclinó y la besó suave pero sensualmente en la boca.

Se oyeron risas y aplausos. Barbara corrió hacia ella, con los ojos humedecidos por las lágrimas, mientras Elizabeth mantenía una actitud mucho más tranquila.

Marin se maldijo para sus adentros.

–¿Qué he hecho? –se dijo–. ¿Qué he hecho?

La preocupación la acompañó durante el banquete. Tenía tan poco apetito que se limitó a picar un poco de salmón y a probar las ensaladas que la señora Connell había preparado para la ocasión. Por supuesto, no tuvo más remedio que beber champán y escuchar el discurso afectuoso de Derek, que dio la bienvenida a Jake a su familia y brindó por la felicidad de la pareja.

Lynne y Mike fueron los primeros en marcharse. Después, le tocó el turno a Elizabeth.

–Sadie y el resto de los criados han trabajado mucho en Harborne Manor –le informó–. Quiere que todo esté perfecto cuando llegues. Ojalá que seas feliz, Marin.

Barbara empezó a llorar otra vez cuando apareció el coche que debía llevarlos al aeropuerto.

–En cuanto podáis, quiero que vengáis a Portugal y os quedéis una temporada con nosotros –le dijo–. Me alegro tanto por ti, mi vida... Pero sé que te dejo en buenas manos. Jake es un gran hombre.

–Ojalá pudiera acompañaros al aeropuerto, mamá.

–Bueno, no te preocupes, ya nos lleva Jake. Además, pareces cansada... ¿Por qué no te tumbas un rato, hasta que él vuelva?

Marin pensó que era una buena idea, pero estaba demasiado alterada y no pudo descansar.

Ya había pasado un buen rato cuando la puerta del piso se abrió y apareció Jake, con un ramo de rosas en la mano. Era el ramo que Marin había llevado durante la ceremonia.

–Jean ha pensado que lo querrías –dijo él . Dice que si te lo quieres llevar a Harborne Manor, envolverá los tallos en algodón mojado.

–Es muy amable –acertó a decir.

Jake dejó el ramo en la mesita. A continuación, se acercó al vestido de novia, que Marin ya se había quitado, y lo acarició.

–Estabas preciosa, Marin –comentó–. Deslumbrante.

–Te aseguro que yo no habría elegido ese vestido. Es demasiado romántico para mí... como salido de una novela de Jane Austen.

Jake arqueó una ceja.

–¿Tienes algo contra Jane Austen?

–En circunstancias normales, no –respondió–. ¿Ya se han marchado mi madre y Derek?

–Sí, su avión ha despegado a tiempo.

–Te agradezco que los llevaras al aeropuerto.

–Ha sido un placer. Derek es un gran tipo, y tu madre es encantadora.

–Al parecer, opinan lo mismo de ti. Se van a llevar un disgusto cuando sepan que nuestro matrimonio es un fraude.

–No es ningún fraude, Marin. Es un matrimonio perfectamente legal. Pero si necesitas más pruebas, mira mi anillo...

–¿Tu anillo? Eso no significa nada, Jake.

–Claro que sí. Es una declaración pública de que ya no soy un hombre libre. Pensé que el detalle te agradaría...

–Pues no, no me agrada.

Jake se encogió de hombros.

–Bueno, lo seguiré llevando de todas formas. Y ahora, ¿qué te parece si declaramos una tregua y cenamos algo? Y no me digas que no tienes hambre, porque he notado que no has comido casi nada en el banquete. ¿Quieres que prepare unos huevos revueltos?

–¿Tú? ¿Vas a cocinar?

–¿Por qué no?

–Ni siquiera sabía que cocinaras...

–Aprendí en la universidad, donde me hice famoso por mi plato de remolacha al curry –explicó–. Normalmente, dejaría que Jane se encargara de la cena; pero es nuestra noche de bodas y ha preferido dejarnos solos.

–No creerás que te voy a dar una noche de bodas... –dijo ella, irritada.

–No, ya sé que no. Pero no hay nada de malo en que cenemos, ¿verdad? ¿Te parece bien dentro de veinte minutos?

Veinte minutos después, Marin entró en la cocina. Jake se había retrasado un poco y estaba batiendo los huevos en ese momento.

–¿Quieres que comamos aquí? ¿O prefieres el comedor?

–Aquí está bien.

–Como quieras. Los cubiertos y los manteles individuales están en el segundo cajón –dijo.

Jake sirvió los huevos revueltos con panceta y tostadas. Estaban realmente buenos, y Marin descubrió que tenía más hambre de la que había imaginado.

–Cocinas muy bien –dijo ella cuando terminaron–. Pero preferiría no probar nunca tu remolacha al curry.

Jake sonrió.

–Ni yo. Ya tuve bastante con la primera vez. Es un milagro que sobreviviera... ¿Te apetece un café? ¿O tal vez un poleo?

–Mejor un poleo. Pero me lo prepararé yo, descuida. Y me lo llevaré a la habitación.

–Marin, quiero hablar contigo.

–¿Hablar? ¿De qué?

–De nuestro matrimonio.

–Ya está todo dicho, Jake. Era necesario y nos hemos casado. Eso es todo.

–Entonces, ¿no te gustaría cambiar los términos de nuestro acuerdo?

Marin se puso tensa.

–¿Qué insinúas?

Jake se llenó una taza de café y se volvió a sentar.

–Algo muy sencillo. Quiero que duermas conmigo esta noche.

–No. De ninguna manera.

Jake arqueó las cejas.

–Lo dices con mucha convicción...

–Porque estoy completamente segura de lo que digo. Además, no tienes derecho a pedirme tal cosa.

–Pues concédeme el derecho –le rogó–. Eres mi esposa, cariño; deberíamos hacer todo lo que esté en nuestra mano para que nuestro matrimonio salga bien. Ven a la cama conmigo, por favor. Sólo quiero abrazarte. Te prometo que no te pediré nada más.

Marin se levantó de la silla.

–¿Crees que a estas alturas confío en tus promesas? Ya me equivoqué contigo una vez, Jake; no quiero tropezar en la misma piedra. Estoy embarazada de tu hijo y he aceptado casarme contigo a cambio de que me dejes en paz. Es lo que acordamos.

–Pero al menos, podríamos tener una noche de felicidad –insistió–. Porque creo que puedo hacerte feliz. Si me lo permites, creo que puedo conseguirlo.

–No me voy a acostar contigo, ni esta noche ni ninguna otra. No lo podría soportar.

Jake la miró con tristeza.

–Está bien, como quieras. Me voy. Mañana al mediodía te llevaré a Harborne Manor y tendrás la suite para ti sola. Cuando pase de visita, me quedaré en mi habitación antigua; así no te verás obligada a soportar mi presencia.

A continuación, le dio las buenas noches y se marchó.

El techo del dormitorio no había cambiado nada durante la media hora que Marin había dedicado a pensar en los sucesos de los diez días anteriores. Todo estaba igual que antes. No había aparecido ninguna grieta que anunciara un derrumbe inminente, pero se sentía como si el mundo se hubiera hundido sobre ella.

Se giró en la cama y lamentó haberlo echado de la

casa. Desde su llegada a Danborough Gate, no había pasado una sola noche sin desear acostarse con él. Y a pesar de ello, había rechazado su oferta de dormir juntos, abrazados.

Se levantó, abrió el cajón de la cómoda y sacó el picardías de seda, sin usar, que se había comprado por insistencia de Lynne para ir a Queens Barton. Después, se lo puso por la cabeza y sintió el suave roce de la tela en el cuerpo.

En la penumbra de la habitación, parecía tan insustancial como un fantasma. Pero no era un fantasma, sino una mujer de carne y hueso con necesidades; una mujer que deseaba al hombre con quien se había casado.

Salió al pasillo, que estaba a oscuras, y caminó hacia la habitación del fondo.

Pensó que no le diría nada, que se limitaría a tumbarse en la cama, con él, hasta que notara su presencia. Y después, le ofrecería su rendición incondicional.

Cuando abrió la puerta, se preguntó si estaría dormido. Se llevó una gran sorpresa cuando vio la cama, iluminada por la luz de la calle, que se filtraba por el balcón, y la encontró vacía.

Marin se estremeció. Su marido se había tenido que marchar a dormir en otra parte. Y hasta cabía la posibilidad de que no durmiera solo.

Por lo visto, su matrimonio había terminado antes de empezar.

Capítulo 12

CLARO que vamos a dar una fiesta –dijo Elizabeth Radley-Smith–. La gente del pueblo quiere conocerte...

–Nunca me han gustado mucho las fiestas. Además, no me parece buena idea en semejantes circunstancias –alegó.

–Eres la esposa de Jake. Ésa es la única circunstancia que importa. ¿Sabes si va a venir este fin de semana?

–No, creo que no.

–¿No? ¿Y qué excusa te ha dado esta vez? –preguntó, muy seria.

–No he hablado con él. Me llamó su secretaria para informarme.

Elizabeth frunció el ceño y Marin decidió tranquilizarla.

–Lynne me ha dicho que esta semana tienen mucho trabajo en la empresa. Y por otra parte, Jake sabe que me cuidáis muy bien... de hecho, yo diría que me mimáis demasiado.

–Pero debería ser él quien te mimara.

Marin llevaba ya un mes en Harborne Manor y Jake sólo había pasado cuatro o cinco veces de visita. En general, hablaban poco y él siempre se marchaba a la mañana siguiente.

–Habría sido mejor que os marcharais de luna de miel después de la boda –afirmó Elizabeth–. Aunque no hubiera sido una luna de miel en condiciones, habríais tenido ocasión de arreglar las cosas. Por lo menos, podríais ser amigos.

–Tal vez sí y tal vez no. Pero dudo que hubiera sido una buena compañía, teniendo en cuenta que todos los días me siento mal –dijo para salir del paso–. Espero mejorar pronto, porque necesito ir a Londres.

–¿Es necesario que vayas? Estás muy pálida, Marin... ¿Cuándo tienes que volver a ver al médico? –preguntó Elizabeth.

–Dentro de una semana. La doctora Gresham quiere prepararlo todo para que dé a luz en la clínica Martingdale, lo cual me parece bien. Pero tengo que ir a Londres para hablar con los de la agencia que alquila mi piso. Me han enviado un mensaje para decirme que los inquilinos actuales se quieren marchar.

–Si quieres, podría llevarte mañana en el coche –se ofreció–. Tengo compras que hacer, así que podríamos quedar más tarde para comer. ¿Quedamos a la una, en Casa Romagna?

–Sí, por supuesto. Pero, ¿crees que conseguiremos mesa?

–Bueno, siempre hay formas de conseguirla. ¿Te parece bien que pase a recogerte a las nueve y media?

–Me parece perfecto.

Cuando despertó a la mañana siguiente, Marin se encontraba mal. Había dormido muy poco y le dolía la espalda.

Durante un momento, estuvo tentada de suspender el viaje a Londres y hablar con la agencia inmobiliaria por teléfono; pero sabía que tendría que firmar algunos documentos y, además, le apetecía comer con Elizabeth. Incluso pensó que un poco de aire fresco le vendría bien.

Se puso un vestido de color moca, con unas sandalias a juego, y salió de la mansión a la hora convenida. La madre de Jake apareció enseguida.

Cuando llegaron a Londres, Marin se dedicó a mirar escaparates con cierta desgana y se dirigió a la agencia inmobiliaria. Una hora después ya había solucionado el problema de los inquilinos y había puesto el piso a la venta; como iba a vivir en Harborne Manor, ya no lo necesitaba.

A continuación, tomó un taxi y pidió al conductor que la llevara a Casa Romagna. El restaurante estaba abarrotado, pero el camarero que se acercó le dijo que Elizabeth había reservado una de las mesas.

Marin se sentó y pidió una botella de agua mineral.

—Vaya, pero si es la señorita Wade...

Marin se giró al reconocer la voz. Era Diana.

—Bueno, supongo que ahora debo llamarte *señora de Radley-Smith* —continuó—. Me molestó un poco que Jake no me invitara a la boda, aunque teniendo en cuenta las circunstancias, comprendo que tu esposo quisiera una ceremonia íntima. Pero me alegra que nos hayamos encontrado; precisamente he quedado con una amiga tuya, que acababa de volver de Francia... Ah, mira, ya ha llegado.

Marin giró la cabeza y se llevó un susto terrible. No podía creerlo. Era Adela Mason.

—Adela, querida, acércate a saludar a la recién casada...

Adela avanzó hacia ellas con resolución. Llevaba un vestido de color fucsia y un pañuelo violeta.

–Vaya, vaya –dijo con desprecio–. Veo que has aterrizado cerca, pequeña bruja. Diana me ha dicho que le has echado el lazo a un millonario y que te quedaste embarazada para que se casara contigo.

La escritora habló en voz alta, para que todos la oyeran. Varias personas de las mesas cercanas las miraron con curiosidad.

–Espero que tu marido no insistiera en firmar un contrato prematrimonial –continuó Adela–. Lo digo porque podrías perderlo todo cuando se entere de que tienes un papel protagonista en mi divorcio de Greg... Sí, querida mía, Greg y yo hemos terminado por tu culpa. Y yo me voy a asegurar de que tu esposo sepa que eres una mujerzuela

En ese momento se oyó la voz de un hombre. Marin se volvió y se llevó la tercera sorpresa del día al ver a Jake.

–Estaré encantado de oír lo que tenga que decir, señora. Pero antes, me gustaría saber con quién estoy hablando.

–Con Adela Mason –dijo ella, alzando la voz un poco más–. Hace poco tuve la desgracia de contratar a esta furcia como secretaria. Y pensar que me pareció una mosquita muerta... hasta que la encontré en la cama, desnuda, con mi ex marido. Si yo fuera usted, le haría la prueba de ADN al niño que va a dar a luz. Tal vez descubra que no es su padre.

Marin se levantó de la silla. Jake se había quedado mortalmente pálido y la miraba con horror.

Al verlo, quiso defenderse. Quiso decir que Adela

Mason no tenía razón, que el hijo que esperaba era suyo. Pero no llegó a decir nada, porque un segundo después, se desmayó.

Despertó al cabo de un rato, en lo que parecía ser la habitación de un hospital.

—¿Señora Radley-Smith? —oyó que decía una voz—. Despierte...

Marin abrió los ojos con dificultad.

—Eso está mucho mejor —dijo una mujer desconocida, que debía de ser enfermera.

—¿Dónde estoy?

—En la clínica Martingdale.

—No, eso no es posible. No tenía que venir hasta la semana que viene...

—Descanse y no piense en eso ahora. Voy a llamar al médico para que hable con usted.

La enfermera se marchó y volvió con un joven de cabello rizado y gafas.

—¿Cómo se encuentra? —preguntó el médico.

—Me duele la cabeza...

—Es normal. Se ha pegado un buen golpe al caer. Queremos que se quede en cama para asegurarnos de que no sufre una contusión.

—Es curioso... también me dolía la espalda, pero ya no me duele.

—Es lógico.

Marin notó algo extraño en la voz del doctor. Y adivinó la verdad.

—Es el niño, ¿no? He perdido el niño...

—Lo siento mucho. Pero no se podía hacer nada; aunque hubiera venido cuando empezó a sentir el dolor, habría sido tarde. Me temo que es una de esas cosas que pasan... La buena noticia es que usted se encuentra perfectamente bien. Podrá quedarse embarazada otra vez.

Martin se quedó en silencio. Empezaba a recobrar la memoria, y se acordó de lo sucedido en el restaurante.

—¿Mi esposo lo sabe?

—Por supuesto; ha venido con usted en la ambulancia. Está esperando afuera.

—No, ahora no quiero verlo. Por favor, dígale que se vaya.

—Señora, sé que ha sufrido una experiencia terrible y extremadamente dolorosa; pero su marido se encuentra en la misma situación. Necesita saber que está bien.

—Pues dígaselo usted. Le creerá.

—No lo entiendo. En un momento como éste, deberían estar juntos...

—Él no me necesita. Nunca me ha necesitado. Sólo quería a mi hijo y ahora lo he perdido.

—Estoy seguro de que no lo dice en serio, señora. Pero es normal que se sienta confusa en este momento... tal vez sea mejor que dejemos las visitas para más tarde. Hablaré con su esposo y le diré que vuelva mañana por la mañana.

Marin pensó que se sentiría aliviada, pero no fue así. En cuanto el médico salió de la habitación, hundió la cabeza en la almohada y rompió a llorar.

Una hora después, la enfermera entró con una bolsa que llevaba el logotipo de un famoso centro comercial.

—Su hermana ha traído algunas cosas para usted. Un camisón, una muda de ropa, un cepillo de dientes...

—¿Lynne ha venido? ¿Por qué no me lo han dicho?

—El médico ha dicho que no la moleste nadie. Pero su hermana me ha pedido que le diga que ha hablado con su madre y que mañana tomará un avión —respondió la enfermera—. Además, la vamos a llevar a una de nuestras habitaciones privadas... ¿Por qué no se lava la cara y se cambia de ropa? La llevaré a su habitación nueva y podrá descansar antes de la cena. Hoy tenemos pollo en salsa.

La habitación nueva resultó ser verdaderamente especial. Parecía la suite de un hotel de lujo y estaba llena de ramos de flores; cuando vio las tarjetas, vio que eran de Elizabeth, Lynne y la señora Connell, además de otro que le enviaban Sadie y el resto de los trabajadores de Harborne Manor.

Después de cenar, estuvo viendo un rato la televisión y se quedó dormida. Despertó a primera hora y pensó que Jake aparecería en cualquier momento, pero llegó a media mañana, en compañía de Barbara, y la dejó a solas con su madre.

Tras los abrazos y las explicaciones oportunas, Marin respiró hondo y dijo:

—Cuando salga de aquí, ¿puedo ir a Portugal y quedarme una temporada con vosotros?

—Por supuesto, cariño. Pero no sé si Jake puede viajar...

—No, no, quiero ir sola.

—¿Estás segura de eso?

—Sí. ¿Por qué?

—Porque Jake es tu marido... tiene derecho a que le consultes tus planes. Además, es posible que él también los tenga; por ejemplo, ofrecerte esa luna de miel que no tuvisteis —contestó—. Anda, habla con él. Es una buena persona. ¿Sabes que me ha pagado el viaje desde Portugal? Y en primera clase...

–Sí, es una buena persona –dijo Marin, haciendo un esfuerzo.

Jake entró en la habitación poco después.

–¿Cómo te encuentras?

–Tan bien como se podría esperar. Pero el niño... lo siento mucho, Jake. Me siento tan culpable...

–No digas eso, cariño. Son cosas que pasan. No es culpa de nadie.

–No, bueno... –dijo, apartando la mirada–. Por cierto, gracias por haber traído a mi madre.

–De nada. Aunque reconozco que no he sido completamente altruista... pensé que si venía con ella, serías más amable conmigo.

–¿Qué quieres decir?

–No te hagas la tonta, Marin. Noté la incomodidad del médico cuando ayer me dio la excusa de que te encontrabas mal. Sé que no querías verme.

–Pues a mí me sorprende que tú quieras verme a mí. Puede que no me creas después de lo que dijo Adela Mason, pero el niño era tuyo.

–Lo sé. ¿Creías que lo había dudado?

–Vi la expresión de tu cara, Jake...

–La malinterpretaste, Marin. Sé lo que pasó en Francia.

–¿Cómo es posible? –preguntó, sorprendida.

–Me extrañaba que hubieras terminado en Londres sin dinero y sin trabajo, así que le pregunté a tu hermanastra. Además, ni Diana ni la señora Mason podían conocer un detalle que yo conozco... que perdiste la virginidad conmigo.

Marin se ruborizó.

—Ah... —acertó a decir.

—Voy a hablar con el médico para ver si puedo llevarte a casa hoy mismo.

—No estoy segura de que me dé el alta. Todavía tengo dolores de cabeza —le explicó—. Por otra parte, tenía intención de marcharme a Portugal una temporada; si no tienes objeción, por supuesto...

—No tengo ninguna objeción si sirve para que te recuperes.

—Eso no es todo, Jake. Cuando vuelva, quiero que nos divorciemos.

—¿De qué diablos estás hablando, Marin?

—De nuestras vidas, del futuro. Nos casamos por el bien del bebé y ya no tenemos ese problema. Ahora podemos seguir adelante, como si no hubiera pasado nada. Además, tendrías que estar contento... uno de estos días conocerás a una mujer que te guste de verdad. Podrás casarte y tener una familia.

—Me alegra que te preocupes tanto por mis intereses —dijo él, mirándola con detenimiento—. Pero, ¿qué pasará contigo, Marin? Espero que esta experiencia no te haya dejado marcada. Que lo superes y que tú también encuentres la felicidad.

—Descuida, lo superaré. Con el tiempo.

—Está bien. Si quieres divorciarte de mí, nos divorciaremos. Pero te ruego que lo mantengas en secreto una temporada. No creo que nuestras familias lo entiendan.

—Siempre podemos decir que me voy a Portugal para poder pensar...

—Sí, por supuesto. En fin, sobra decir que el piso de

Chelsea es tuyo mientras quieras. Tu madre se alojará allí hasta que os marchéis.

—¿Y tú? ¿Dónde te vas a alojar?

—¿De verdad te importa? Eso ya no es asunto tuyo, Marin.

Jake se dio la vuelta y se marchó.

Capítulo 13

JAKE ha llamado mientras estabas en el pueblo –dijo Barbara cuando Marin entró en la cocina–. Ha preguntado en qué vuelo viajas mañana.

–¿Para qué?

–Supongo que querrá ir a buscarte al aeropuerto... no me extraña, teniendo en cuenta que lleva un mes sin verte. Es una pena que no pudiera venir a Portugal.

Marin no le había dicho la verdad a sus padres, de modo que no sabían nada. Y decidió que había llegado el momento oportuno.

–Me temo que no es tan fácil, mamá. En cuanto llegue a Londres, voy a pedir el divorcio.

Su madre la miró con asombro.

–¿Te has vuelto loca?

–Al contrario. No he estado más cuerda en mi vida. Jake y yo no estábamos enamorados, mamá... nos casamos por conveniencia, por el bien del bebé.

–¿Insinúas que te quedaste embarazada de un hombre al que no querías y que a pesar de eso quisiste tener el niño y casarte con Jake? Dios mío, Marin...

Marin se mordió el labio.

–Pues créelo. No pude evitarlo. Jake es tan atractivo, tan interesante... Me siento terriblemente avergonzada por lo que hice.

—¿Avergonzada de qué? ¿De ser humana?

—No, avergonzada de haber llevado el asunto tan lejos.

—Me parece increíble, Marin —dijo su madre, enfadada—. Hablas como si los últimos meses no hubieran existido, como si no te importara en absoluto...

—Y tú hablas como si estuvieras del lado de Jake.

—No estoy del lado de Jake. Simplemente no quiero que destroces tu vida.

—Destrozaría mi vida si siguiera con él —puntualizó.

—Cometes un error terrible. Yo sé de lo que hablo... he estado casada con dos hombres maravillosos, pero ninguno de ellos ha llegado tan lejos como para ir de compras por mí.

—No te entiendo...

—¿Quién crees que pagó todas las cosas que te llevaron al hospital?

—Me dijeron que había sido Lynne...

—Pues no, fue él. Tu hermana se limitó a llevarlas a la clínica.

—Entonces, ¿por qué dejó que pensara que había sido ella?

—No lo sé, Marin. Pero si quieres divorciarte de Jake, eso ya no tiene importancia, ¿verdad? Es una lástima; una verdadera lástima.

Jake no fue a buscarla al aeropuerto, pero le envió un coche con chófer que la llevó a la casa de Lynne. Cuando entró, descubrió que el piso estaba vacío y se dedicó a caminar por las habitaciones, sin hacer nada, hasta que finalmente se dirigió al dormitorio para deshacer el equipaje.

Minutos después, la puerta principal se abrió. Marin pensó que sería Lynne, pero era Jake.

–Tienes buen aspecto. Estás más morena.

–Sí, me encuentro mucho mejor –acertó a decir, nerviosa.

Jake entró en la habitación. Llevaba dos bolsas en la mano.

–¿Qué es eso? ¿Me has traído la ropa que tenía en Harborne Manor? –preguntó ella.

–No, es ropa mía. De Danborough Gate.

Jake se dirigió al armario, lo abrió, vio que estaba casi vacío y dijo:

–La parte derecha es mía. A menos que la prefieras tú...

–¿Qué quieres decir? ¿Qué demonios estás haciendo aquí, Jake?

–He venido a quedarme. Voy a vivir contigo, Marin. Estaremos completamente solos, así que será la luna de miel que no llegamos a tener.

–¿Cómo? –preguntó, perpleja–. Esto no tiene ningún sentido; pero si nos vamos a divorciar...

–Ah, sí, el divorcio. Me temo que no nos vamos a divorciar. Y no soy yo quien lo dice, sino el sistema legal de este país... resulta que no nos podemos divorciar hasta después de un año, de modo que tendremos que esperar hasta entonces.

–Tienes que estar bromeando...

–No, estoy hablando en serio.

–Entonces, es una especie de venganza...

–En absoluto. Y no digas que no me deseas, porque te conozco.

–Por favor, Jake, no me hagas esto –le rogó–. No compliques más las cosas.

–Mira... cuando perdiste el bebé y dijiste que te querías marchar a Portugal, me dije que era lo que verdaderamente querías, que sólo serías feliz sin mí; pero después me di cuenta de que yo no sería feliz sin ti, de que te necesitaba. Además, me puse a pensar en lo que ocurrió aquella noche entre nosotros y comprendí que quería vivir con aquella chica dulce, generosa y apasionada que se lanzó a mis brazos.

Marin se había quedado boquiabierta, sin palabras.

–Estoy enamorado de ti, Marin. Quiero pasar el resto de mi vida contigo. Quiero que tengamos un hogar. Quiero mirar a la gente y poder decir: ésta es mi esposa.

Marin no pudo soportarlo más y se puso a llorar. Jake se acercó, la llevó al sofá y se sentó con ella, a su lado.

–No estás hablando en serio, Jake, no es posible –dijo entre sollozos–. Tú no te quieres casar. Nunca has querido... Seguro que sólo dices eso porque sientes pena de mí.

–¿Pena de ti? ¿Qué significa eso?

–Sientes pena porque hice el ridículo en Queens Barton y todo el mundo se reía de mí.

–¿Cómo? ¿Qué estás diciendo?

–No lo niegues, Jake. Aquella mañana, cuando me desperté y bajé al jardín, me encontré con Diana. Me dijo cosas terribles, espantosas. Dijo que tú no me querías, que sólo te habías acostado conmigo porque yo te daba lástima.

–¿Y la creíste? –preguntó con asombro–. Pero si Diana es una bruja... Ya sé que intentó dejarte en ridículo; incluso me comentó que todos se burlaban de ti porque me seguías como un perro faldero. Naturalmente, la puse en su sitio. Por eso no la invité a la boda.

—¿La pusiste en su sitio?

—Por supuesto que sí. Eso fue bastante más fácil que convencerte para que te casaras conmigo.

—Pero sólo querías casarte conmigo porque me había quedado embarazada...

—No, Marin. Te dije eso porque sabía que era la única forma de convencerte. Piénsalo un momento... si te hubiera confesado que me había enamorado de ti, ¿me habrías creído?

—No, probablemente, no —confesó.

—¿Lo ves? Hasta llegaste a decirme que la noche que pasamos juntos fue poco menos que una abominación. Y luego te marchaste y desapareciste varias semanas... Pero Diana no tiene la culpa de lo que pasó. La culpa es mía, por haber olvidado que era tu primera experiencia sexual con un hombre y que, naturalmente, estabas muy confundida.

—Necesitaba estar sola una temporada, Jake. Tenía que recuperar mi orgullo.

—Ah, el orgullo —dijo con ironía—. Lamento informarte de que el orgullo y el amor no se llevan muy bien.

—Lo sé... ¿Sabes una cosa? La noche de nuestra boda, fui a tu dormitorio para decirte que había cambiado de opinión y que quería acostarme contigo, pero te habías marchado.

—No me había marchado. Estaba muy cerca, en la cocina, sentado en la oscuridad con una botella de whisky... me preguntaba cómo podría sobrevivir sin ti y sin acostarme contigo, aunque fuera de vez en cuando.

—Jake, yo no merezco la pena. Comparada con las mujeres que habrás conocido, soy muy poca cosa.

Jake le puso las manos en las mejillas y dijo:

–Marin, necesito besarte, necesito hacerte el amor. Pero antes de eso, permíteme que te aclare una cosa... Es verdad que he estado con muchas mujeres; sin embargo, no había sentido nada especial hasta que entré en el piso de Lynne y te encontré con aquella toalla alrededor del cuerpo, mirándome como una gata enfadada.

–¿Insinúas que te enamoraste de mí entonces?

–Bueno, en ese momento sólo estaba interesado en quitarte la toalla. Fue después, durante la fiesta, cuando me di cuenta de lo que me estaba pasando. No quería aceptar la invitación de Graham para ir a Queens Barton porque sabía que tendríamos problemas, pero pensé que sería una ocasión excelente para estar dos días contigo. Luego, mientras volvíamos a Londres, decidí llevarte a Harborne y declararte mi amor.

Marin lo miró con asombro.

–¿Ése era el pequeño rodeo que me dijiste?

–Sí. Ya había hablado con mi madre. Le expliqué que había encontrado a la mujer de mi vida y se la quería presentar. Pero supongo que lo estropeé todo con mi impaciencia. Incluso llegué a pensar que me odiabas.

–Oh, Jake... no he dejado de pensar en ti en ningún momento. Me repetía una y otra vez que al final conseguiría olvidarte, pero no te olvidaba.

–Hemos sido un par de idiotas, Marin –dijo con humor–. De no haber sido por las mujeres de nuestras familias, lo habría dado todo por perdido.

–¿Por las mujeres de nuestras familias?

Jake la besó en la frente.

–Sí, tu madre me llamó desde Portugal para decirme que me echabas de menos; y la mía me contó que me mirabas con amor cuando creías que nadie te veía –respondió–. En cuanto a Lynne, afirmó que nunca te habrías acostado conmigo si no me quisieras... La verdad es que me agarré a sus opiniones como a un clavo ardiendo. No estaba dispuesto a perderte. Y decidí luchar hasta el final.

Marin le pasó los brazos alrededor del cuello. Después, sonrió con ojos brillantes y dijo:

–Bueno, la guerra ya ha terminado. ¿Qué te parece si lo olvidamos todo y hacemos el amor?

Jake se levantó, la miró con ojos llenos de deseo y la tomó en brazos.

–Empezaba a pensar que no me lo pedirías nunca –dijo.

Acto seguido, la llevó al dormitorio.

Bianca™

Él exigía su noche de bodas

Una vez que Lorenzo Valente había puesto su ojo en algo o en alguien, nunca se echaba atrás. Su mujer, Chloe, podía decir que lo odiaba, pero sólo unas semanas antes decía adorarlo, y eso demostraba lo que siempre había creído: que el amor era una emoción inestable.

Chloe estaba dispuesta a adoptar a la hija de su difunta amiga y quería empezar de cero… eso incluía la anulación de su matrimonio.

Al ver a Chloe como madre, Lorenzo estuvo más decidido que nunca a recuperarla… y a exigir la noche de bodas que no tuvieron.

Noche de bodas aplazada

Natalie Rivers

Acepte 2 de nuestras mejores novelas de amor GRATIS

¡Y reciba un regalo sorpresa!

Oferta especial de tiempo limitado

Rellene el cupón y envíelo a

Harlequin Reader Service®
3010 Walden Ave.
P.O. Box 1867
Buffalo, N.Y. 14240-1867

¡Sí! Por favor, envíenme 2 novelas de amor de Harlequin (1 Bianca® y 1 Deseo®) gratis, más el regalo sorpresa. Luego remítanme 4 novelas nuevas todos los meses, las cuales recibiré mucho antes de que aparezcan en librerías, y factúrenme al bajo precio de $3,24 cada una, más $0,25 por envío e impuesto de ventas, si corresponde*. Este es el precio total, y es un ahorro de casi el 20% sobre el precio de portada. !Una oferta excelente! Entiendo que el hecho de aceptar estos libros y el regalo no me obliga en forma alguna a la compra de libros adicionales. Y también que puedo devolver cualquier envío y cancelar en cualquier momento. Aún si decido no comprar ningún otro libro de Harlequin, los 2 libros gratis y el regalo sorpresa son míos para siempre.

416 LBN DU7N

Nombre y apellido	(Por favor, letra de molde)	
Dirección	Apartamento No.	
Ciudad	Estado	Zona postal

Esta oferta se limita a un pedido por hogar y no está disponible para los subscriptores actuales de Deseo® y Bianca®.
*Los términos y precios quedan sujetos a cambios sin aviso previo.
Impuestos de ventas aplican en N.Y.

SPN-03

©2003 Harlequin Enterprises Limited

Deseo™

¿Por negocios o por amor?

JULES BENNETT

Abby Morrison siempre había estado enamorada de su jefe en secreto, y se sentía morir cada vez que el multimillonario Cade Stone tenía una cita. Pero ahora… ¡la quería para planear su boda!

Ella sabía que Cade estaba cometiendo un error al casarse por negocios con una mujer que tampoco estaba interesada en el amor. Había sido durante mucho tiempo la tímida secretaria, pero se negaba a seguir siéndolo. Tenía un mes para planear la boda de su jefe… y eso le daba tiempo para hacer que Cade cambiara de idea.

Conseguiría su objetivo costara lo que costara

Iban a conocerse bajo el ardiente sol de Roma

A primera vista, Emily ofrecía un aspecto recatado y remilgado, pero a Giovanni Boselli le parecía una mujer sencillamente irresistible y no podía evitar comérsela con los ojos.

En cuanto a Emily, no podía creerse lo que le estaba pasando. Había ido a Roma por trabajo y lo último que se esperaba era que un italiano de arrebatadora sonrisa y ojos oscuros intentara seducirla. Pero su asombro sería aún mayor al descubrir que su admirador no era un hombre cualquiera, sino el célebre heredero del imperio Boselli...

Amor en Roma

Susanne James